旗魚王
人生不是只有讀書才能學到東西，
每件發生在自己身上的事情都會有意義，
我們只要從中獲得智慧與勇氣的洗禮，
然後帶著感恩的心珍惜自己所擁有的一切。

人物介紹

孫依琪　女　十四歲

從小在都市裡的優渥環境長大，夢想有一天要成為出色的大企業家，在家裡有管家幫自己打理好一切，也因此成為生活白癡，直到回到台東才開始學會成長。

孫威正　男　四十歲

依琪的爸爸，為人正直善良，為了妻女而搬到都市打拼，一路從小職員當到總經理，渾身散發出一種「王者」的魄力，特別是那自信的笑容，總是令人感到敬佩。

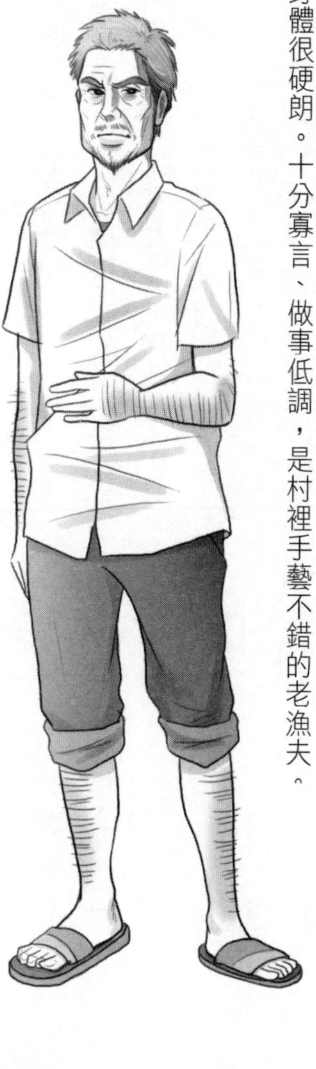

孫志明　男　七十歲

依琪的爺爺，四十年前搬到漁村後靠著捕魚為生，並在此結婚生子。雖然上了年紀但身體很硬朗。十分寡言、做事低調，是村裡手藝不錯的老漁夫。

金英俊　男　十五歲

綽號「黑人」，從小就隨著孫爺爺出海捕魚，有一口潔白的牙齒，夢想自己能夠找到「旗魚王」，並且成為他的接班人，喜愛海洋與大自然。

李順天　男　十四歲

綽號「小天」，聽說小時候身體不好，去拜拜後神明告知要取名「順天」才得以保平安，個性內向、喜歡讀書，希望能夠成為植物學家。

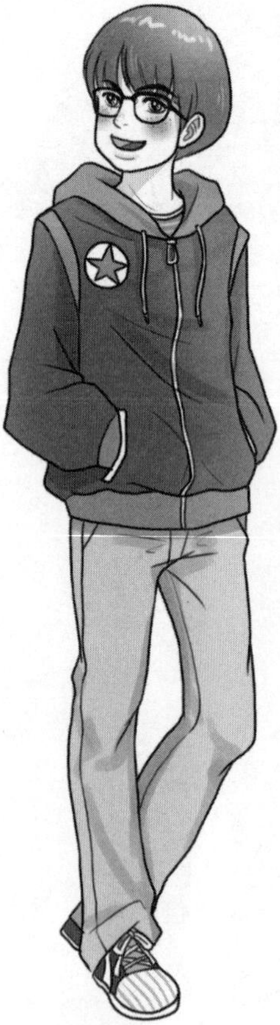

王秋妃　女　四十五歲

依琪稱他為「王姨」，年輕時美若天仙，但生完小孩後身材走樣，她常自稱自己是「秋天的王妃」，為人直爽豪邁，與丈夫、女兒同住在一間小型的三合院裡。

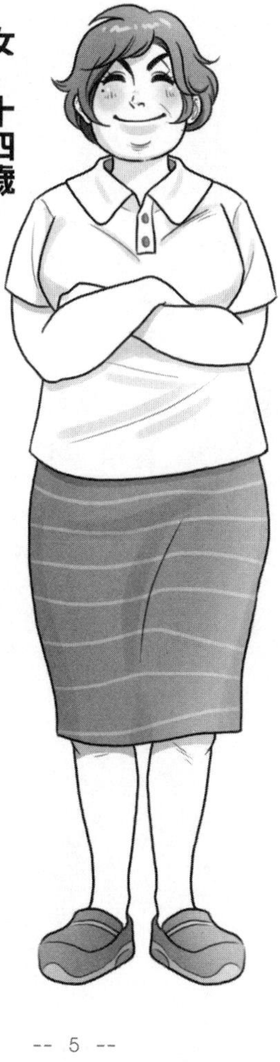

趙美心　女　十四歲

王姨的女兒，平時喜歡跟黑人、小天一起出海，但通常都會被母親責罵女孩子沒有女孩子樣。希望以後長大可以成為服裝設計師，讓自己的作品揚名國際。

目次

人物介紹 002
01 我不要離開這裡 007
02 想念泡麵的滋味 021
03 旗魚王的傳說 035
04 第一次出海 049
05 我拒絕吸毒 063
06 新朋友 075
07 自己不幸福，孩子怎麼快樂？ 089
08 旗魚王是爸爸？ 103
09 放棄或堅持 115
10 標旗魚 127
11 爸爸好厲害 141
12 人質 155
13 真正的王者 167
14 與自然的對話 181
15 傳承 191

01
我不要離開這裡

「為什麼要轉學？」

一雙纖細的手用力的拍了那張據說是用千年神木製成的桌子，要價上千萬的木桌輕輕的顫動了下，在桌上用水晶杯裝著八分滿的馬丁尼如同拍桌人氣憤的情緒一樣，隨著波動濺灑出來。

發聲的是一個就讀國中二年級的女孩，大約一百五十五公分的身高配上及肩的棕髮，十根手指擦上了十種顏色的指甲油，有幾片指甲還畫上些許幾何圖案。

雖然女孩穿了一身時下最流行的衣服，臉上化上了二十多歲女人才有的妝容，但仍然掩蓋不了自己只有十四歲的稚氣。

「依琪，這是為妳好。」低沉的嗓音聽不出太多情緒起伏，彷彿不受眼前情緒激動的女孩影響一般，男子悠悠的翻著早報說出自己的決定。

「明天學校結業式之後，我就帶妳回阿公家。」

「我不要！你跟媽媽總是說為我好、為我好，你們真的知道什麼是為我好嗎？」

怒氣掩蓋過理智，依琪想不透為什麼父母總是把「為妳好」掛在嘴邊，他們一點也不懂自己要什麼！

「如果妳已經二十歲了，我會願意讓妳自己去承擔自己的選擇，就算妳跌倒受傷我也會讓妳去嘗試。但妳現在只有十四歲，涉世未深、處世不夠成熟，我相信身為父親的我，有足夠的資格和立場替妳做出目前對妳最好的決定。」放下手中的報紙，威正看著自己的女兒，臉上沒有一絲表情的說。

要怪就怪自己和妻子太寵溺這個獨生女，讓她有了嬌氣和傲氣，如今他必須讓女兒回到十四歲少女該有的樣子，他不要她和妻子一樣感染上這個都市的紙醉金迷。

「我以後是要成為一個出色的企業家，甚至比爸爸你還要更強、更強、更強，現在把我從競爭激烈的都市轉學到鳥不生蛋的鄉下地區，我將來要怎麼跟人競爭？」

「那好，在都市這幾年的時間妳都做了什麼樣的努力？不是說自己很早就立志了嗎？那妳努力了什麼？」

「我……」

「依琪，成為企業家的條件不只是有姣好的面容，也不是高學歷就能成為妳想成為的人，腳踏實地去努力才有機會成功。妳天天拿著我給妳的零用錢跟那些狐群狗黨過著靡爛的生活，我再不導正妳才是枉為人父！」

「可是……可是……企業家不就是整天坐在辦公室裡面吹冷氣，然後簽簽文件就好了嗎？只要這樣就會有大筆、大筆的收入，每天還能打扮得漂漂亮亮和朋友去喝下午茶……」

「噢！我的天吶！是誰告訴妳企業家是這樣的？」

「我看媽媽都這樣啊……」

「好了、好了，不要說了，轉學手續我已經辦好了，抗議無效。」

「又是一件沒經過我同意的事情……我是當事者啊！要轉學至少也要和我商量一下吧！」

「沒──得──商──量──！」威正收起管家為自己準備的早報，將桌上知名品牌的牛奶一飲而盡後，提起一個看上去有點年代的公事包，站在連身鏡前面拉了拉自己那條湛藍色並鑲有金條紋的領帶。

「爸！」跺了跺腳，依琪將雙手在胸前交叉，接著坐在椅子上獨自生著悶氣。

「快點，今天宣布畢業考的成績不是嗎？我帶妳去學校。」

調整完領帶之後，威正頭也不回的走到玄關穿上管家已經替他擦亮的真皮皮鞋，接著開了門走出去，關門前還叮嚀了一句：「在我開車之前上車，不然妳今天自己走路上學。」

「又來了！每次都這樣威脅我！」

「碰！」

沒有讓依琪吼完的餘地，威正重重的把門關上，依琪只好心不甘情不願的背起深綠色的書包，上面一堆吊飾隨著晃動叮噹作響。

「一點也不尊重我，有時候我真懷疑自己到底是不是你們的親生女兒！煩死了！」一邊嘀咕著，一邊坐上了父親名貴的白色百萬跑車，開往學校的路上，兩人之間的沉默都被麥克傑克森的音樂掩蓋了。

「到了，放學管家會來接妳，今天爸爸會晚點……」

「碰！」

不等父親說完，依琪頭也不回的用力關上了車門，快步走向校園。

「這樣倔強的個性到底是遺傳誰啊？」威正笑著搖搖頭，在女兒進入校園之後，開著車前往公司。

此時的依琪心裡雖然感到十分抑鬱，但腦子裡正在思考著要如何跟父親據理力爭，讓她留在都市裡。

「依琪！依琪！」歷史課下課時，好朋友惠青看著她出神的樣子，喊了好幾聲。

「嗄？幹嘛？」

「妳在想什麼呢？想得這麼入神？」

「惠青啊！我跟妳說，明天結業式結束之後我就要轉學了啦！」哭喪著臉，依琪煩惱的說。

「什麼？轉學？為什麼啊？好端端的幹嘛轉學？」

「還不都是我爸，說什麼為我好，我就不懂到底去鄉下哪裡好！」

「鄉下？妳是說到處都會有牛糞、雞大便，然後汗臭味跟豬圈味充斥在整個空氣裡的那個『鄉下』嗎？」

「我是不知道有沒有這麼多噁心的東西啦！但感覺就是去了以後會變得像農村女孩一樣俗氣啊！」

「對啊！對啊！妳沒有說服妳爸嗎？送妳去鄉下也太不人道了吧！」

「抗議無效啊！妳幫我想想辦法嘛！怎麼辦啦！」拉了拉好朋友的手，依琪對於從來沒有接觸過的「鄉下」感到莫名的抗拒與排斥。

也許是因為要離開這個從小生長的熟悉環境，依琪對於即將前往的「阿公家」感到很惶恐。

「妳沒有跟妳媽說嗎？阿姨這麼時尚，應該不會讓妳去沾染那些髒東西吧？」惠青說著自己的見解，但在一旁的歷史老師聽來，都是啼笑皆非的公主病。

「我媽？都好幾天沒回來了，不知道又在哪個阿姨家打麻將打得天昏地

暗，真是受不了！我要被送去鄉下的事情她一定不知道。」無奈的用手撐著下巴，依琪不屑的撇了撇嘴說。

「感覺妳跟妳媽感情不是很好啊？」

「我從小就跟他們都不親啊！兩個人都忙事業，只生我一個也沒什麼時間陪我，我反而跟管家阿姨比較親呢！但我也說不上來哪裡不好，就是……我媽都會拿錢給我讓我自己去買東西吃，就算我整天吃麥當勞、肯德基，她也無所謂，但我爸就會禁止我吃那些垃圾食物。」

「妳爸媽事業做很大耶！」

「所以我才說有妳們這些好朋友真好啊！」

「孫依琪，班導叫妳去到導師辦公室。」窗外一個理著平頭的男孩對著教室裡面大叫，一身汗的樣子感覺像是剛從籃球場上打完三對三鬥牛一樣。

「班導又要找你什麼麻煩了啊？」惠青眨了眨眼然後左顧右盼的說。

「誰知道啊！反正他敢找我麻煩我就叫我爸處理他！」

「妳爸雖然是家長會會長，但感覺就是個好人啊！老師刁難妳的話，妳爸搞不好還會站在老師那邊哩！」

「那我就跟我媽講啊！怕什麼！」

「好啦！妳快點去吧！雖然不知道要幹嘛！但妳還是小心一點。」

「妳不陪我去啊？」

「才不要！等一下掃到颱風尾，我不就超倒楣的？才不要，要去妳自己去啦！」

「吼！很沒義氣欸！」

「快去啦！」惠青推了依琪一把，依琪只好無奈的走向大約二十公尺外的導師辦公室。

「惠青，妳不陪依琪去喔？妳們不是最好的朋友嗎？」以為依琪已走遠的麗婷望了望窗外後對惠青說。

「反正她都要轉學了，以後就不能靠她吃喝玩樂，也不用再對她這麼好啦！」惠青揮了揮手說。

「是沒錯啦！那以後我們五公主就要變成四公主了，而且還是一次大失

血！失去的是最有錢的大公主耶！」

「要不是看在她家有錢的份上，論出生月分她哪有可能成為大公主對我們呼來喚去啊？真的是因為她家有錢好不好。」

「那我們以後怎麼辦？少了依琪以後吃喝玩樂誰買單啊？」

「蕾拉啊！她不是混血兒嗎？身為五公主幫的二公主，在大公主滾蛋之後，理所當然就要繼承大公主的位置，照顧我們這些小公主們啊！妳說是不是！」

「哇！真不愧是惠青耶！頭腦轉好快喔！」

「廢話！」高傲的笑了笑，惠青看著麗婷崇拜自己的眼神，內心的優越感油然而生。

但她們兩個卻不知道站在教室外的依琪將她們的對話全都聽進去了。一股無名火突然從肚臍的地方往上竄，接著經過心臟直達腦門，依琪的情緒瞬間爆炸，原來自己一直以來很重視的朋友們，只不過在利用自己罷了。

「妳們說什麼狗屁理論啊？」依琪憤而衝進教室，揪起惠青的頭髮重重的呼了她一巴掌。

「妳幹嘛打人啊？」

摀著發燙的臉頰，惠青驚訝又生氣的看著依琪，在一旁的麗婷則上前扶著惠青。

「妳們剛剛講的話我全都聽到了，原來一直再利用我啊？說什麼跟我交心？還說什麼掏心掏肺願意跟我當一輩子好姊妹？我呸！」

「依琪妳冷靜一點啦！惠青不是那個意思啦！」麗婷試著想要調解，但雙方火氣不停上升，她也手足無措。

「我聽到的就是那樣，張惠青，利用我很好玩嗎？」

「對，妳聽到的就是我想表達的意思，利用妳讓我們的生活充滿物質，欲望可以獲得滿足，有什麼不可以？現在妳爸都已經決定要讓妳轉學了，就快點拍拍屁股滾蛋吧！」惠青挑釁的將手放在胸前交叉，一副不可一世的樣子望著依琪。

「所以什麼好姊妹、好朋友，都是騙我的嗎？」

「對！妳已經沒有利用價值，可以滾了，我們會讓蕾拉代替妳的位置，繼續讓我們維持美好的公主生活。」

「怎麼會有像妳這麼賤的女人啊！」

「不好意思！跟妳學的。」

「我今天不好好教訓妳，我就跟妳姓！」依琪說完就和惠青大打出手。

「妳們兩個不要打了啦！」

在一旁的麗婷看到兩人互扯著彼此的頭髮，一抓到機會就賞對方巴掌，她急到快哭了。而在教室的其他同學們絲毫沒有想勸架的意思，都在一旁拍手叫好，甚至還聽到有人在賭這場架誰會贏。

「孫依琪、張惠青，妳們立刻給我住手！」一聲宏亮的嗓音震懾住教室裡的所有學生，躺在地上扭打的兩個人也停下了手邊的動作。

「有誰能跟我解釋一下，到底發生什麼事了？還有孫依琪，我不是請同學叫妳去辦公室找我嗎？妳這位大小姐這麼難請啊？」

「老師，事情不是你想的那樣，其實是因為……」

麗婷快速的把事情從頭到尾解釋了一次，班導聽完之後點點頭，然後望向兩個披頭散髮的女學生無奈的笑了下。

「妳們兩個都到辦公室去等我，其他人拿書出來自習，班長管理秩序，誰調皮搗蛋就記在黑板上，等我回來會用大補帖伺候。」

聽到「大補帖」三個字，所有同學都乖乖回到位置上，默默的拿出書來閱讀，畢竟只要不吵不鬧，班導並不會管自己看什麼書；但要是吵鬧的話，必須把國文、歷史、英文的課文全部抄一遍，外加抄心經三篇，明天結業式之後就進入開心的暑假，沒有人會希望暑假作業多一項「大補帖」的。

而被帶到導師辦公室的兩個女孩，還倔強的生著對方的氣，導師雖然充當中間人調解，但兩人並沒有因此而氣消；但為了不給自己找麻煩只好握手示好，反正做做表面功夫就可以回班上了，不做還得多聽老師嘮叨幾句。

好不容易捱到放學，鐘聲一響，學生們便鳥獸散的各自回家，依琪拿起書包頭也不回的轉身離開教室，她受夠了這個地方的低氣壓。

「我一定要跟老爸說叫他不要幫我轉學，我一定要留下來給那個姓張的女人好看！」依琪邊走邊咒罵，回到家後還是無法平息心中的怒火。

「依琪小姐，晚上有美甲的預約，請問要取消嗎？」管家恭敬的接過依琪的書包，對著大剌剌躺在沙發上，連鞋子都沒脫的依琪問道。

「不用！越是遇到這種鳥事，我越要讓自己更美麗、更放鬆，順便幫我預約桑拿浴、按摩，還有美容護膚。」

「是的，小姐。」

02
想念泡麵的滋味

隔天的結業式依琪並沒有參與，她是故意睡過頭的，因為只要想到去學校會見到惠青，她就覺得頭痛與不耐煩。

「依琪，給妳一個小時整理行李，我已經縱容妳今天沒去學校上課了，再胡鬧看我怎麼教訓妳，聽到了嗎？」

威正在依琪房門外用力的敲了敲門，依琪則是把枕頭蓋在自己的頭上，假裝聽不見。但威正一直以來總是抱持著說到做到的原則，怎麼可能讓她這樣鬧彆扭呢？早就料到女兒會無聲的抗議，他前一晚就讓管家趁著依琪熟睡的時候，替她整理好準備回鄉的行李了。

一個小時後，依琪還是硬被管家拉上車，然後隨著威正來到台東的一個小漁村。

車子漸漸從高樓林立的都市開上了高速公路，但因為路途過於遙遠，依琪在搖晃之中漸漸睡著，直到父親將車停好之後，才把她叫醒。

「爸，我帶著依琪回來了！」

提著行李的威正走進了正廳，而睡眼惺忪的依琪在把車門打開的那瞬間

感受到一股怪異的味道。

空氣充滿海的鹹味和魚腥味，她望了望四周，很難想像自己接下來要在這個一點生氣也沒有的小漁村，把剩下一年的國中給讀完。

「依琪，叫阿公。」

走到父親身邊，她看見眼前一名男子大約一百七十五公分，有一雙瞇瞇眼、頭髮稀疏、眼窩深邃、肩膀寬大、稍微方形的臉，以及古銅色再偏暗一點的肌膚。

男子正沒有任何表情的看著她。

「爸爸，阿公是不是不太會笑？」依琪拉了拉父親的衣角問。

「你阿公雖然嚴肅了點，但其實是個好人，不要太緊張，妳在這裡可以學到很多事情的。」威正拍了拍女兒的頭說。

「要住多久？」老人開了口，魚尾紋隨著瞇成一條線的眼睛而加深了紋路。

「直到國中畢業。」威正回應了父親的話。

「睡你以前的房間。」

「好，我帶她進去。」

聽到阿公和爸爸之間的對話方式，讓依琪對阿公產生了很大的恐懼與排斥感。

「爸……帶我回去好不好？這裡的味道好噁心，還有阿公感覺很兇……拜託你帶我回去啦……」在父親放下行李之後，依琪拉著威正的衣角懇求的說道。

「阿公是因為長期一個人住，所以也還在適應妳搬來一起住的狀況，過一段時間你們彼此就能適應了。」

「但是我不喜歡這裡……」

「好了依琪，不是要成為企業總經理還是總裁嗎？這點小狀況都掌握不好的話很難勝任喔！」

「可是……」

「我要拿回妳所有電子產品，所以現在請妳把智慧型手機、平板電腦、音樂播放器全都交給我。」

「手機給你，那我怎麼聯絡你？」

「這個給妳。」

「這是什麼？」

「我當初用的手機，你們年輕人稱它為『智障型手機』。」

「什麼？你是說只能偶爾玩玩貪食蛇、俄羅斯方塊，沒有上網功能的智障型手機？」

「對，妳不給我也沒關係，這裡沒有網路，充電器又都在我這裡，等到電腦跟手機都沒電之後，它們對妳也沒有用處了。」

「我的天啊！爸，我求求你帶我回去啦！現在正是夏天，這房間沒有冷氣耶！是要我熱死嗎？」

「有電風扇。」

「我不要啦！還有為什麼我要睡這麼古早的紅眠床！又不是古人……」

望著木製的床、一點彈性也沒有的床墊，還有散發出淡淡古早味的枕頭，依琪的眉頭皺到可以擰出水來了。

「這可以當成妳另類的體驗。」

「那我吃什麼？這裡一定沒有麥當勞和肯德基吧？」

「對啊！阿公吃什麼，妳就跟著吃什麼，剛好可以治妳挑食的毛病。」

「那該不會連泡麵都沒有吧？」

「便利商店有，但我不會給妳零用錢，如果妳要買東西，自己去跟阿公拿。」

「我的天吶……這裡根本是地獄啊！」

不顧女兒的呼喊，威正自顧自的走出了房間，順便趁著依琪沮喪的時候一併拿走她所有的電子產品。

「為什麼……每次都要這樣擅自決定……從我出生到現在，你們應該很少關心過我吧？家裡有錢又怎樣？你們兩個從來沒有陪我一起過生日，做任何決定都不會顧慮我的心情，我真的懷疑自己是不是你們的親生女兒……」

依琪緊握雙手，一個人低著頭在房間裡面喃喃自語。

說著、說著，一股莫名的壓力從丹田處開始往上竄升直到鼻梁處，接著眼睛如同鬆開的水龍頭一樣，淚水開始奪眶而出，滴在木製的地板上。

門外的威正其實並沒有走遠，女兒嘀咕的每一句話就如同刀子一般，劃過他的心臟。女兒出生時家中那開心的氣氛，早在妻子發生那件事情之後，就不復存在了。

每年女兒的生日他又何嘗不希望自己待在她身邊呢？但是望著神韻越來越像妻子的依琪，威正開始害怕面對她，因為這樣他會想起和妻子之間那些不好的回憶。

「就這樣把她放在這裡好嗎？」

低沉渾厚的嗓音在威正的耳邊響起，志明看著兒子失落的樣子突然覺得很心疼，如同遺傳到自己沉默寡言的個性一樣，志明知道威正其實也不善於表達自己。

「這是為了她好，只是要麻煩您多擔待了。」重拾笑臉的威正知道爸爸會好好的教導依琪，如同當年他教導自己一樣。

「嗯！」父子倆沒有太多的交集，威正也沒有留下來吃晚飯的意思，和爸爸寒暄幾句之後就開著車離開了這個從小長大的地方。

「叩叩叩！」

一陣寂靜回應敲門的志明，望著窗外漸漸變暗的天色，他知道自己要開始學習如何和這個女孩，不，他的孫女，從現在開始好好的相處了。

「已經八點半了，妳如果不吃，我要把飯菜收起來了。」志明對著門內大喊，但依舊是一陣靜默。

等了一會兒，志明依然沒有得到孫女的回覆，於是他轉過身將桌上的飯菜全都收進了櫥櫃裡，然後熄燈就寢。

皎潔的月光從窗戶照射進來，瑟縮在櫃子前的女孩漸漸抬起頭，上個學期自然課還有教到如何看月光照射角度去辨別現在幾點，但不好學的她卻只對那堂課時看的明星雜誌有印象。

依琪知道自己哭著、哭著就睡著了，望著只有月光相伴的房間，突然一陣悲從中來，父親真的這麼狠心的就把她丟在這個漁村。

「咕嚕嚕……」

「噢！好餓！」

一整天只吃了幾塊麵包和一杯牛奶，又因為大哭而耗掉很大的體力，依琪現在好懷念那些速食，還有管家阿姨。

不得已必須找吃的，她輕輕的推開看似厚重實際卻很輕的木製門，客廳也披上了一層黑色的洋裝，只剩下窗外月光的點綴與照射。

「這裡什麼都沒有啊？」

慢慢的環顧四周，依琪並沒有找到冰箱，翻箱倒櫃也沒看到泡麵，卻意外的將志明吵醒了。

「餓了是不是？」

「啊！」

無聲無息的來到依琪身後，志明嘴角輕輕的揚起一絲笑容，比起被依琪弄得凌亂的客廳，他更關心的是眼前那個被自己嚇得花容失色的孫女。

「你走路沒有聲音喔？是想嚇死誰？」依琪很快就認出是自己的爺爺，

隨後急忙假裝鎮定的說。

「餓了是不是？」完全沒有聽進去眼前女孩的話，志明很快的重複了一次問題。

「有沒有泡麵？」

「只有醬菜跟稀飯。」

「那是什麼？能吃嗎？」

「你爸吃那個長大的，我一輩子也都吃醬菜和稀飯。」

隨後志明拉開櫥櫃拿出今天的晚餐，為了依琪他還特地煎了一條魚和一顆荷包蛋。

「噢！好噁心的味道……還有啊……怎麼都冷掉了？我要吃熱的啊！算了、算了，沒有泡麵那我可以去買麥當勞吧？」

「鄉下地方沒有那種東西，還有，妳愛吃不吃隨妳，我要去睡覺了。」

志明說完頭也不回的逕自走向房間，打算留下發愣的依琪。

「欸……」

「幹嘛？」

「我一個人吃很無趣，可以請你坐在我對面嗎？」望向桌子，依琪小聲的說。

「好啊！陪妳吃。」

志明停下腳步，接著轉身走回餐桌旁坐下。

「真的？」瞪大雙眼，依琪不可思議的看著志明，沒想到他這麼輕易就答應了。

「快點吃完，我要去睡覺。」

「噢……」

抵擋不住肚子咕嚕嚕的襲擊，依琪乖乖坐在醬菜稀飯面前，呼嚕嚕的吃了起來。

「好吃吧？」

志明看著依琪狼吞虎嚥的樣子，突然想起威正小時候。

「還……還可以啦……」塞得整個嘴裡都是食物的依琪勉強回應志明。

「順便跟妳約法三章。」

「什麼?咳咳咳……咳咳咳……」

「第一、我不是『欸』，論輩分妳應該叫我『爺爺』或是『阿公』，下次再叫我『欸』妳就別想吃飯。」

「本小姐屈就在這個小地方，還要跟你這個老頭子約法三章?有沒有天理啊!」

「妳住我的、用我的、吃我的、喝我的，我還要照顧妳，我就是天理，沒得商量，不高興妳自己回家。」

「你……」

「叫『阿公』!」

「哼……」

依琪移開視線，從小到大所有人都會讓著自己，不管是表面功夫還是真心對待，她都是人人呵護捧在手掌心上的小公主。現在不但要住在這個一點也不時尚的漁村，還要跟俗到不行的老頭子約法三章，依琪翻了翻白眼，不

發一語的嘟起嘴，望向別處。

「第二、除非風浪過大，否則我每天都要出海捕魚，如果妳閒得發慌就自己找事情做，但不能給別人造成困擾。」

「這裡有地方可以讓我預約美容護膚、美甲造型和頭髮保養嗎？不然讓我逛街買衣服也可以。如果有我可以自己去預約，不會麻煩別人，也不會造成人家困擾的！」

依琪心想著自己都已經讓步成這樣了，眼前的老頭子應該不會再找麻煩了吧？

「都沒有！」

「什麼？」

「這裡是鄉下，只有一般的家庭髮廊和菜市場，妳要逛我不反對。」

「誰要逛那種地方啊！到處都是蒼蠅、蚊子，味道又很難聞，還可能有狗大便耶……」

「第三、每個月我只給妳兩百塊零用錢，不夠自己想辦法，但如果妳用偷的被抓到警察局，我絕對不會去保妳出來的。」

「兩百塊？這樣怎麼活啊？一包泡麵都要四、五十塊了，一個月只有兩百塊怎麼夠啊？」

「那妳自己想辦法，如果妳幫忙做家事，我可以考慮加錢給妳。」

「門都沒有！本小姐的纖纖玉手怎麼可以做家事？想太多。」

「如果妳現在把碗拿去洗，我可以加三十塊給妳。」

「才三十塊？」

「愛賺不賺隨便妳，我要去睡覺了！如果明天早上讓我看到碗盤還在桌上，我就倒扣零用錢三十塊。」

「哪有人這樣啦！你跟爸爸都一樣！一樣是大壞蛋！」

無視於依琪的呼喊聲，志明自顧自的回到房裡，他才不管眼前的是什麼人，就算是天皇在他面前吃完飯一樣要自己洗碗！

03
旗魚王的傳說

睡到隔天中午的依琪起床之後來到客廳找吃的，卻發現桌上放著昨晚自己洗好的碗筷以及一張紙條。

> 大小姐，妳的碗洗得很不乾淨，記得用洗碗精跟菜瓜布刷過，不是沖過水就叫做洗碗。看在妳是第一次洗碗的份上我就姑且原諒妳，但在我回來之前沒有洗乾淨我就要扣零用錢了哦！加油！
>
> 最帥氣的爺爺　留

「什麼啊！」依琪憤怒的將桌上的紙條撕成碎片。

「要本小姐洗碗？做夢！還有什麼最帥氣的爺爺？最俗氣吧！這麼自戀是哪招啊？」

接著她轉身離開家，打算到街上晃晃，希望能發現什麼新奇的事物。在與都市完全不同的生活步調之下，依琪慢慢的晃悠著。

「啊！妳是志明爺爺的孫女對不對？」

當她獨自在公園裡盪鞦韆的時候，突然眼前出現一個把頭髮紮成兩條辮子垂掛在兩肩，瀏海還用一個粉色蝴蝶結髮夾往右夾起來，臉上有些青春痘但不影響自身散發出來的氣質的女孩。

女孩的身邊站著一個男孩，目測大約一百六十五公分，有雙明亮的大眼睛、一身黝黑的皮膚、自然捲的短頭髮及健壯的二頭肌，雙腳雖看得出來有肌肉但十分修長，脖子上還掛著一條魚項鍊。

「你們是？」狐疑的看著眼前這對男女，依琪的心中不知道為什麼突然湧起一股極度想要認識兩人的心情。

「我叫做趙美心，他是黑人，我們都是村裡的孩子，昨天聽媽媽說志明爺爺家裡來了一個小姑娘，應該是妳吧？」

「哦！這個村落小歸小，消息傳得這麼快啊？」自尊心很強的依琪不屑的看著他們說。

她不想讓他們覺得，自己這個時尚的女孩竟然會想要跟他們這種「庄腳傖」當朋友。

「真的！我上個學期考第十五名，結果才剛放學整個村子都知道了呢！哈哈哈！」美心不好意思的拉了拉自己的辮子說。

「已經中午了，妳吃過了嗎？還沒的話我們一起去美心家裡吃飯吧！」站在美心身旁的男孩開口邀請她。在依琪眼裡，他真的很黑，黑到只剩下眼白跟牙齒是白色的。

「對啊！對啊！我媽媽的料理是小村裡最出名的美食唷！要不要來我家吃飯呢？」美心往前拉住了依琪的手，但依琪卻下意識的往後退縮了幾步。

在都市時，她從來沒有跟朋友拉過手，更別說被這麼熱心的邀請到別人家裡吃飯了。

「啊啊啊！對不起我嚇到妳了嗎？我沒有惡意的！如果妳不想來我不會勉強妳的。」美心急忙解釋的說。

「沒……沒關係，只是不習慣有人碰我的手而已……」依琪也不知道自己怎麼回事，面對美心的熱情，她突然發現自己沒辦法拒絕這樣的人。

「那……妳願意來我家吃飯嗎？我媽媽煮的菜真得很好吃唷！也許比不

上都市的佳餚，可是吃過的人都說讚唷！」美心甜甜的笑著，繼續熱情的邀請依琪到家裡作客。

「妳平常說話都這麼滔滔不絕嗎？」依琪高傲的擺出了大小姐的姿態。

「嘿嘿嘿！其實我本來就很多話呀！黑人他們都說我很吵，可是我就是喜歡說話，哈哈哈！」

「嗯……真的很吵。」面無表情的依琪說出這句話的時候，更像帶刺的玫瑰了。

「就……我也改不掉愛說話的習慣，總之……覺得可以說話很開心吧！哈哈哈！」

「妳是少根筋嗎？我這樣諷刺妳，妳還笑得出來？」

「咦？妳剛剛是在諷刺我嗎？但是我覺得還好耶……總之，要不要跟我一起回家吃午餐呢？」美心眨著眼睛笑得開懷，完全不受依琪話語的影響。

「我……」其實依琪很想答應，因為美心提到了「媽媽煮的菜」，她很想知道那是什麼味道。

以前在學校的午餐時間，某些同學的媽媽會替他們送便當，雖然菜色看上去很普通，可是同學們卻都吃得很開心、很幸福。

自己的便當雖然是班上最豪華、食材最新鮮、最營養的，但在她的心裡深處，總是羨慕著那些能吃到媽媽煮的菜的同學。她也很希望自己的便當不是爸爸吩咐飯店大廚做的，而是媽媽為她花點心思煮的，就算只有白飯跟幾樣青菜，她也渴望來自於媽媽的味道。

「走吧！一起去！」

如同昨晚志明無視於自己一樣，黑人半推、美心半拉的帶著依琪離開公園。她也不知道為什麼會這麼由著兩人，彷彿中了什麼魔咒一樣，跟著他們來到美心的家。那是一座小型的三合院，院子裡種著三種不同品種的蔬菜和蘿蔔，旁邊還圍了一個圈子養著雞鴨。

「媽咪，我回來了！」一進門，美心就立刻對著廚房大喊。

「回來了喔?快去洗手，等一下可以吃飯了喔！」廚房裡傳來一個中年婦女的聲音，還夾雜著炒菜所發出的劈哩啪啦聲。

「我有帶朋友回來唷！」

「黑人嗎？那你們快去洗手，等一下來準備碗筷，再一下子就可以吃飯了！」

「除了黑人還有一位貴賓唷！」

「什麼貴賓？」美心的媽媽端了一盤炒青菜從廚房裡走出來。

一個擁有黑溜溜的短捲髮、圓胖的身材、眼角還有一顆美人痣的阿姨望向那三個孩子，雖然已經屬於「大嬸」的年紀，但因保養得宜所以看起來只有三十歲左右。

「將將！她是我的新朋友，志明爺爺的孫女唷！」

「咳咳！阿姨妳好，我叫孫依琪。」她禮貌的向眼前的女子打聲招呼，雖然平時嬌縱慣了，但該有的禮貌還是有的。

「唉唷！我才在想說哪來的小美女呢！原來是志明大哥的孫女呀！歡迎妳、歡迎妳，不好意思家裡沒什麼菜可以招待，請妳多多擔待了！叫我『王姨』就可以了，美心啊！不要讓人家一直站著啊！」

「阿姨沒關係，我應該不會待太久的。」尷尬的笑了下，依琪還是被美心給帶到餐桌旁坐下來。

依琪終於知道美心這麼滔滔不絕的說話方式是遺傳到誰了。面對眼前從沒見過的菜餚，她吞了吞口水。

「聽說妳在都市餐餐都是山珍海味，我們這個小地方的食物不知道合不合妳胃口，要是不嫌棄就跟我們一起吃飯吧！」美心遞上碗筷，雖然有別於自家的陶瓷餐具，只是一副木筷和壓克力碗，但卻有一股暖流從依琪的心裡緩緩流過。

從來沒有人為自己遞碗，更別說能和大家一起吃飯了。

「這是我媽滷的雞腿跟滷蛋，很入味！大家都說好吃，妳吃吃看！」美心用湯瓢舀些食物到依琪的碗裡。

「還有這個是今天早上從後院剛摘回來的高麗菜，很甜唷！」王姨也跟著夾了些菜給依琪。

「我……我可以自己夾……」依琪彆扭的看著碗裡的菜餚。

但很奇怪的是，要是平時的她一定會嫌東嫌西，但今天看著大家互相夾菜、和樂融融的樣子，她竟然有一種傾心的感覺。

「依琪，不好吃嗎？看妳都沒有動筷子。」王姨扒了幾口飯之後擔心的問。

「不……我只是……感覺有點……」

「聽說妳爸媽很忙，像這樣大家聚在一起吃飯的機會是不是很少啊？」王姨邊問邊往自己嘴裡塞了一片茄子。

「嗯……我很少跟他們一起吃飯……」話一出口，依琪就被自己嚇到了。

她怎麼會主動跟陌生人談心呢？會到第一次見面的人家裡吃飯就已經是奇蹟了，自己竟然還跟對方說了家裡的狀況，這是什麼情形？

「這樣啊……那王姨家歡迎妳天天來吃飯！哈……」

伴隨王姨豪爽的笑聲，依琪不自覺的也笑了。原來大家一起吃飯是一件這麼開心的事情。

說到底，她也只不過是個希望雙親多給自己一點關懷的十四歲女孩子罷

了。

那些帶刺的行為都是自己的保護色，然而也因為是個孩子，所以心房容易攻破，特別是自己渴望的事情。

「對了，這個村裡一直以來都這麼無聊嗎？有沒有什麼特別的故事可以說給我聽？」

依琪想起自己隨處亂晃的時間裡幾乎沒看到什麼值得回想的事情，不免替要待在這裡很久的自己捏了把冷汗，該不會自己就要這樣無聊的過一輩子吧？

「妳昨天才來，應該沒聽過『旗魚王』的故事吧？」王姨給自己盛了一碗玉米濃湯，呼嚕嚕的喝了一大口後說。

「旗魚王？」眨了眨眼，依琪對這個名詞特別感興趣。

「傳說啊！在遼闊無邊的大海裡，有一條大概長四點五公尺，重七百公斤的『旗魚王』；在這無垠的陸地上也有一位曾經連續三年都創下新紀錄，每一年所捕獲的旗魚數量與重量都不停上升的『旗魚王』。」美心看王姨滿嘴都是湯，於是先將故事起了頭。

「海王與陸王的相爭啊！」依琪點點頭，眼中散發出想繼續聽下去的光芒。

「陸上的旗魚王曾多次遇見海裡的旗魚王，雖然陸王很想要捕獲海王，兩者相遇也擦出很多火花，但一陣刀光劍影後卻還是讓海王從手邊溜走。」王姨開始說著故事。

「在我們村裡每年都會舉辦鏢旗魚競賽，陸王一直都穩坐冠軍寶座，但雖然他每年都不停的創新紀錄，可是最想要的還是能夠戰勝海王。在一次的比賽中，突然天公不作美的下起了大雨，海邊的浪像發瘋似的一陣一陣打上來，所有人都說海王要現身了才會這樣雷雨交加。」王姨一邊做著動作，一邊認真的說著故事，別說第一次聽到這個故事的依琪被吸引住，就連聽過好多次的美心跟黑人都被王姨誇張的「效果」給吸引了。

「大家都勸陸王別出海，比賽可以延期，生命卻不能冒險。但陸王仍認為這是最好的機會，不顧眾人反對毅然決然的自己一個人駕著船出海去。」

說到這裡王姨又喝了一口湯。

「然後呢？然後呢？王姨妳別在精采的地方停下來啊！」聽到故事高潮之處，依琪急忙催促王姨繼續說下去。

「嘿嘿嘿！然後聽說海王真的現身了唷！」伸出食指在三個孩子面前轉了一圈，王姨睜大眼睛說。

「結果呢？結果呢？」迫不及待想知道結局的依琪催著王姨繼續說。

「結果喔？其實我也不知道結果是什麼！這個故事我也是跟美心還有美心她爸搬來這個村落之後，從村民口中聽來的。」

「什麼！沒有後續嗎？」

「村民們說因為浪太大所以沒有人敢跟陸王一同出海，而海王現身的瞬間帶來大風大浪，把陸王從船上打落海，從此失去消息，現在不知道是生是死。」

「這是真人真事嗎？」

「對不起啊！依琪，因為我也是聽來的，所以也不知道是不是真人真事呢！但是村裡的媽祖廟有將旗魚王的傳奇故事刻在牆上，有人說陸王是玉帝派來要抓回海王的，也有人說海陸兩王原本就相剋，如同一山不容二虎，同個世界存在兩個王者，爭鋒相對是難免的嘛！」

「如果旗魚王真的是個人，而且還活著的話，那就真的是太神奇了！」

「依琪，妳對旗魚王有興趣嗎？」美心看著喃喃自語的依琪問。

「嗯！感覺是很新奇的故事，雖然有點騙人的感覺。」

「這不是騙人的，我阿公也知道這件事情，我覺得應該是真的。」比較沉默的黑人此時開了口說。

「好想看看陸王的本尊唷！」依琪的好奇心被激發了，她決定要去查詢更多關於旗魚王的資料。

「我也是耶！從媽媽第一次告訴我這個故事開始，我就很想要看看旗魚王的真面目。」美心很高興依琪對這個話題有興趣，但她更高興的是以後有話題可以跟依琪聊了。

「美心，這裡有圖書館嗎？」轉過頭依琪問了坐在自己身旁的美心。

美心想了下後點點頭說：「村裡最大的圖書館就在村長家附近，要一起去嗎？」

「能帶我去嗎？」依琪問。

「沒問題，現在走吧！」美心迫不及待的拉起依琪的手，兩人飛快的起身、穿鞋、開門、跑向目的地。

「耶？妳們已經吃飽了喔？不要玩太晚唷！早點回來聽見沒？趙——美——心——」

「哇！妳媽的嗓門好大喔！」都已經跑得很遠了還聽得到王姨的叫聲，依琪尷尬的看著身旁的女孩。

「習慣就好，走吧！就在前面。」美心愉悅的跑起來，當然不忘牽著依琪的手。

04
第一次出海

村裡的圖書館看上去很老舊，斑駁的每一片牆面都像是在告訴路過的人它輝煌而悠久的歷史。

「聽說這座圖書館快要一百年了，應該有旗魚王的資料。」

美心小心翼翼的踩上會嘎吱作響的木製樓梯，即便那些樓梯已經汰舊換新很多次，但還是會發出令人起雞皮疙瘩的聲響。

據說木梯能維持百年圖書館的靈氣，所以每一屆的村長才會堅持使用木頭製造。

「喔！這樓梯安全嗎？」

依琪跟在美心身後，目前她所關心的其實不是旗魚王，而是自己萬一踩空，受傷流血可不是她所樂見的。

「安啦！這些木頭只是受潮變形，村長很快就會再換過了。」美心邊說邊帶著依琪來到二樓的最後一間小房間，大約十坪的小房間內整齊的堆滿了各種書籍。

「為什麼我們要來這裡啊？」依琪環顧四周後不解的問。

「這裡收藏了所有曾轟動這個村莊的大事件，還有每一任村長對這個村的貢獻，當然也有每一次大型活動的紀錄，來這裡應該就能找到關於旗魚王的故事。」

美心開始從最左邊深紅色書櫃的最上排開始找起。

「我也來幫忙吧！」依琪挽起袖子，從最右邊湛藍色書櫃的最上排開始搜尋。

窗外的陽光灑進了室內，將整個窗框的影子映在地上形成一道拱形，兩個小女孩在沒有空調的室內，一排又一排的搜尋關於旗魚王的一切。

時間滴滴答答的走，映在地上的影子也隨著太陽逐漸西下而轉換方向，最後日光燈取代了日沒之後帶來的黑暗。

「怎麼會找不到呢？」開始失去耐心的依琪坐在一旁白色的椅子上，用手撐著下巴無趣的說。

「對啊……找了這麼久都沒找到，該不會旗魚王真的只是大人們編造出來的傳說故事吧？」

美心聽完依琪的話之後，也感到很沮喪，兩人耗費了五到六個小時在圖書館裡，卻什麼收穫都沒有。

「唉……怎麼這麼難找啊！書這麼多！」依琪邊抱怨邊隨手拿起一旁還沒經過整理的書。

黃色的封底搭配插畫家的圖，那是一隻躍出海面的旗魚，還有一個手持長槍的漁夫。

「這是什麼啊？」

依琪將書翻到封面一看，原本亮起的眼神瞬間暗淡，因為封面寫著「老人與海」。

「算了啦！我們回去吧！也許真的是大人編造出來的故事。」美心看到依琪的反應之後，自己也失望的走向門口。

「好吧！我肚子也餓了，那老頭子應該已經到家了，我……」

「對了！志明爺爺是漁夫，他應該知道旗魚王的故事，依琪啊！妳回去可不可以問一下志明爺爺啊？也許會有什麼資訊喔！」

「啊……死定了……」

就像沒有聽到美心說話一樣，依琪微微張開口望著眼前發愣，隨後咬著下嘴唇。

「怎麼啦？」

發現她不對勁，美心擔心的搖了下她的肩膀。

「我……我先回家了！明天見。」依琪說完便飛奔回家。

因為她突然想起一件很重要的事情——她沒有洗碗。

這意味著，她要被扣零用錢！

她一邊跑一邊祈禱爺爺不要那麼快回家，但當她看見家裡燈火通明，而且還炊煙裊裊時，就知道自己死定了。

「老頭子應該不知道我不在家吧！他應該在廚房煮晚餐，我偷偷溜進房間再出來，然後裝作沒看過紙條，這樣他就拿我沒辦法了。」這麼安慰自己的依琪偷偷來到門邊，然後像小偷一樣悄悄的往裡看。

「很好！老頭子果然在廚房，這是溜進房裡的最佳時機。」剛自言自語

完，依琪立刻頭也不回的走進大廳，接著輕巧的快步跑向自己的房間。

「碰！」

「欸欸欸！小心！」

就在自己開心的通過轉角即將抵達房門的時候，一個沒注意撞上迎面而來的人。

「呀！到底是誰啦！撞到本小姐是不會道歉喔？」跌倒的依琪顯露出原本的個性，大聲的叫嚷起來。

「啊！依琪，妳回來了！對不起！對不起！我沒注意到妳，還好嗎？」對方低沉的嗓音讓依琪立刻直覺這音色好像在哪裡聽過。

果不其然在起身之後，她仔細的瞧了瞧他。

「你是？」

依琪疑惑的看著他，自己應該沒有跑錯房子才對，怎麼家裡會出現一個看起來跟自己年紀相仿的男生呢？而且還那麼眼熟。

「我們今天中午才見過面啊！我是黑人，妳忘記了？」對方誠懇的瞪著大眼睛。

「啊！難怪我覺得你很眼熟，原來我們中午見過了！」依琪驚呼一聲，回憶瞬間湧現。

「發生什麼事情啊？啊！小不點妳回來啦？」聽到對談聲，志明從廚房裡走出來正巧撞見了這一幕。

「誰是小不點啊？我個子雖然不高，但也有一百五十五公分了！少瞧不起我！」

「好啦！不跟妳爭論，還沒吃就一起吃飯吧！」

志明端出剛炒好的青菜，黑人則是幫忙添飯和擺碗筷。黑人主動幫忙竟讓依琪有點不好意思。

「今天去哪裡玩啊？小不點！」

「不要叫我小不點！」

「玩得開心嗎？」

「還可以啦！」

「幾點出去的？」

「大概中午吧！」

「你跟黑人認識啊？」

「嗯！中午出去的時候見過面，還去了美心家。」

「這麼快就交到朋友啦！很好。」

「嗯！」

「雖然恭喜妳，但我還是要扣妳三十塊的零用錢。」

「啊……可惡……」

「沒洗碗的下場就是這樣囉！」夾了一口茄子送入嘴中，志明臉上出現得意的樣子。

「可惡的老頭子！」依琪扒了一口飯，她知道自己理虧，所以怎麼硬凹都沒用。

誰叫自己剛剛這麼聽話的回應了對方的每一個問題呢……。

「依琪，明天我跟志明師傅要出海，妳要不要一起來？」黑人看到眼前

的情況笑了下後，對一邊咀嚼一邊瞪著自己爺爺的女孩提出邀約。

「不要。」想都沒想直接拒絕，依琪對於自己被扣零用錢這件事耿耿於懷。

「如果妳明天跟我們一起出海，我就考慮原諒妳這次，先不扣妳的零用錢。」

志明用眼角餘光看了孫女一眼，對這個小女孩而言，目前「錢」是最好的誘因，而他絕對不會讓她就這樣帶著嬌氣回到城市。在他第一眼看見她的時候，就做了這樣的決定。

「真的？真的不扣錢嗎？」依琪原本失落又生氣的眼神在聽到這樣的好消息之後，立刻又燃起希望與光芒。

「如果明天一起出海妳表現好的話，我就不扣妳錢了。」

「你說的喔！反悔的人是小狗。」

「喔！」

※

當第二天一大早依琪起床的時候，志明跟黑人早已準備就緒，三人一同前往漁港並搭乘志明的漁船——王者號。

「為什麼要取這麼不討喜的名字啊？王者諧音亡者，名字並沒有比較霸氣啊……」依琪咕噥著。

「這個世界本來就是這樣，勝者為王敗者為寇，師傅取這個名字一定有特別的意義，想戰勝大海得先戰勝自己不成為亡者的決心。」黑人扛起一捆麻繩從依琪身邊走過。

聳聳肩，依琪不以為意的靠在甲板的欄杆上。

第一次搭上捕魚的漁船、第一次看見海天一線的風光、第一次感受到海風吹來的感覺、第一次知道海的顏色原來不是藍色。

自己雖然出身豪門，可以享受很多物質，但這種大自然的體驗還是頭一遭。雖然魚腥味很重、雖然海風吹起來黏黏鹹鹹的、雖然有點暈船，但這一切對於從小在都市生長的依琪而言都是很新奇的體驗。

特別是當她看著爺爺教導黑人握長槍的樣子，還有叮嚀囑咐著所有該注

意的細節時，她有一種說不上來的感受。

或許，她在忌妒黑人。

「喜歡海風的感覺嗎？」

當依琪煩惱自己怎麼會有這樣的感覺時，黑人來到她身旁並將雙手放在欄杆上。

「老頭子剛剛在教你什麼？」沒有正式回答黑人，依琪問了自己心裡更在意的事情。

「在教我如何往夢想更邁進一步。」笑了下，黑人轉頭看著依琪說。

「是喔！他在哪呢？」

「換潛水衣下水去了，他說要去探測『未知』的海洋世界。妳第一次看海嗎？」

「嗯！第一次吹海風覺得很舒服。因為我媽覺得海很可怕，所以每次老爸說要帶我去海邊玩的時候，她都大力反對，時間久了爸爸也不想再跟她爭辯，加上他們工作又忙，所以……」依琪有點無奈的笑著，但臉上浮現的卻是從未有過的溫暖。

「海很可怕沒錯，我認同妳媽媽的這個觀點。」

「既然你覺得可怕，為什麼你還要出海？」

「人會覺得某些人、事、物可怕是因為『未知』，對死亡產生未知、對未來產生未知、對不安定產生未知、對陌生人產生未知，也因為這些無法被掌控的因素導致人們會害怕或是尋求慰藉。會覺得大海很可怕也是因為『未知』，所以才會有這麼多科學家想要探測海洋。大海是可怕的沒錯，但同時也很美麗，妳看看眼前風平浪靜的樣子，是不是很令人心曠神怡？」黑人炯炯有神的望著遠方說。

那專注的樣子讓依琪不由得從心裡佩服眼前這個跟自己同年齡的男孩，竟然有這麼成熟的想法。

「你很喜歡大海，對不對？」

「很喜歡！而且我相信旗魚王一定存在，我要找到他然後成為他的接班人，跟海裡的旗魚王再度較勁，所以我很努力的在跟志明師傅學習獵旗魚的技巧。」

「真勇敢。」

「我一直覺得，人類會尋求任何東西的慰藉是因為缺乏安全感，無論是興趣、宗教或是其他事物，也因為不勇敢所以才需要借助某些力量讓自己擁有勇氣。我向宇宙借的力量來自於對旗魚王的熱忱，這是我的夢想，傾盡一生都要完成。」

聽完黑人這番話，依琪驚訝得說不出話來。

大家的夢想都只是掛在嘴邊上說說而已，反正未來還很長不需要擔心，但看著黑人這麼有信心又這麼努力的樣子，依琪突然感到心裡湧出一陣失落感。

「比起你，我到現在還不知道自己的目標是什麼呢……好羨慕你……」

「慢慢來吧！我相信妳待在這裡一定會有收穫的，而且也一定會有所成長，放心吧！只要妳願意接受大自然給妳的洗禮，就一定能蛻變。」

「你怎麼可以這麼有信心呢？」

「如果對自己沒信心，那誰還會對妳有信心？不說這個了，妳沒看過志明師傅的望遠鏡吧？可以看得很遠喔！要不要看看？」

「喔！好啊！」

隨著黑人進到船長室，依琪站在偌大的黑色望遠鏡前，漫不經心的看著。

「有沒有什麼發現？」黑人逗趣的問。

「沒有啊！哪有什麼……啊！那是……？」依琪一陣驚呼，黑人臉上露出得意的笑容。

05 我拒絕吸毒

「看到了吧！那是我前陣子發現的祕密基地，我還沒告訴志明師傅，怕是自己眼花，妳應該知道不是只有沙漠才有海市蜃樓吧？有時候海上也會出現，我擔心自己看到的是幻影，但按照妳的反應看來，那應該是真正的洞窟。」黑人掩蓋不了自己的興奮。

「怎麼會……？」

「我在猜，那應該是已經荒廢很久的洞窟，除了退潮的時間之外都是淹沒在海平面下的，我也不知道為什麼會有這種感覺，總覺得那裡跟旗魚王脫離不了關係。」

「所以你想去探險？」

「想，但我需要一個慎密周全的計畫，同時也要告訴大人我們的去處，不然到時候出意外誰都無法負責。」

「嘖！真膽小欸！想去就去啊！哪來這麼多顧慮？」

「不是顧慮，這是為了自身安全著想，妳想想看，萬一我隻身前往結果死在洞窟裡，那不就太可惜了嗎？」

「可惜什麼啊？」

「可惜我這風流才子就這樣香消玉殞了啊！多可惜，妳說是不是！」

「……」

「不要擺出那麼無言的表情嘛！我開玩笑的啦！」

「第一、你不是風流才子，要也是風流浪子。第二、香消玉殞是用來形容女孩子的，你不介意成為女生我就不介意你把這句成語用在你自己身上。第三、這樣聽起來完全沒有可惜的感覺啊！」

「欸！幹嘛這樣！」

「因為……真有趣！」依琪看著黑人被自己捉弄的樣子，「噗哧」的笑了出來。

「你們聊什麼聊得這麼開心啊？」不知何時已經上船的志明看著兩人有說有笑便興起了好奇心問道。

「關你屁事喔！」依然很不尊重爺爺的依琪轉身離開船長室。而她跟黑人兩人之間的對話就在志明將船開回港口之後，默默的結束了。

這次的談話讓依琪感到很開心。黑人專注的態度，還有那份對夢想的堅持，都是她從來沒見過的真誠。自從出海回航之後又過了幾天，美心天天都會來找依琪，而兩人每次見面都會討論旗魚王的事蹟。

這天兩人又相約在公園裡聊天。

「聽說旗魚王的故事是真的耶！」美心坐在鞦韆上說。

「但我們找了圖書館全部的書就是沒有紀錄，為什麼啊？」依琪難掩失落的擺盪著鞦韆說。

「如果旗魚王的故事是真的，那就應該會存有歷史紀錄才對啊！」

「就是啊！我還去用了圖書館裡的電腦上網查了旗魚王的資料，網路上所記載的資訊也是少得可以。」

「妳查到了什麼？」

「現在只知道旗魚王是真人。網路上只說了他的豐功偉業，一直寫到幾十年前某一場比賽之後就……」

「依琪、依琪，妳有沒有聽到什麼聲音？」美心突如其來的叫喚聲讓依琪停下說到一半的話。

「什麼？什麼聲音？」

「好像……欸欸欸！怎麼辦！好像是打架的聲音！」

「誰啊？」

「不知道，欸欸欸！在那裡！妳看！」

順著美心手指的方向望去，依琪看見四五個男孩站在旁邊看著另外一邊的兩個男孩。

「那兩個男生打起來了耶！」美心著急的拉著依琪說道。「其他人是沒有要勸架的意思嗎？怎麼辦？」

「那個人……好像是……黑人！」定睛一看，依琪發現有個高挑的男孩特別眼熟。

「是黑人？慘了！慘了！怎麼辦啦！」美心一聽到是自己的朋友，原本著急的心情變得更加浮躁不安。

「怎麼辦……怎麼辦……啊！快走，我們去報警。」拉著美心的手往警

局方向跑去，依琪希望在黑人被打成肉醬之前能找到警察。雖然在她心裡，被打成肉醬的可能是另外一個男生。還好依琪機靈的立刻報警，沒過多久那一夥人……打架的、勸架的、打賭的，全都被帶進了局裡。

「不要以為你們是警察就了不起！我兒子這麼乖怎麼可能打架？一定是那個沒家教的小男生先動手的。」人未到聲先到，跟黑人打架的那個男孩的母親踩著高跟鞋，高八度的聲音差點穿破在場所有人的耳膜。

「這位太太請妳冷靜，我們已經問過在場所有的孩子們，確定是貴公子先動手的。」一個看起來頗資深的員警走過來遞上一杯茶，看樣子應該是局長等級的人物。

「什麼？孩子們隨便說的話你們也相信？」

「孩子們是不會說謊的。」

「這群小惡魔們最好是不會說謊啦！一個一個都是為了自保，你確定他們說的都是真話嗎？你幫他們測謊了嗎？」

「測謊倒是沒有……」

「就是說嘛！沒測謊怎麼能相信呢？」

「這位太太，我已經事先告訴孩子們做偽證被抓到的下場，我相信他們壞歸壞，但不至於想在牢裡蹲上幾天才對。」

「所以你的意思就是我們家小強的錯囉？」

「就我目前的情況看來，是的，而且還有一個更不幸的消息要告訴您，貴公子從偵訊開始就出現疑似吸食毒品的徵狀，而且我們還在貴公子身上搜出這個。」說話的員警拿出一包白色的粉末。

「初步判斷是海洛因，我們已經安排人員替他驗尿做檢驗了。」

「什麼？小強你給我過來！」那位媽媽大聲的吼了自己的孩子，男孩害怕的走向前。

「你吸毒品？」又是高八度的嗓音。

「我……我沒有啊……」男孩雖然不承認，但那飄忽不定的眼神卻出賣了自己的心。

「小朋友，如果你現在承認自己吸毒，頂多是送勒戒所幫你戒毒而已，但如果驗出的結果跟你現在說的不一樣，可是會吃上官司，要坐牢的喔！」那個看起來像是局長的人邊微笑邊說。

「警察這樣恐嚇人對嗎？對方還是一個孩子！」母親保護孩子的本能因為那個笑容而被啟動了。

「這位太太，我們是為了貴公子好，毒品這種東西碰不得，趁著他還年輕，還來得及回頭的時候，引領他走回正路吧！」

「就是啊！這位阿姨，你們家小強就是因為吸食毒品，還想拉我跟他一起吸毒，我不肯答應所以才被他打的，是他先動手的耶！而且他跑來找我聊天的時候還一邊笑一邊吸耶！真的很誇張。」黑人揉著瘀青的臉，無辜又可憐的說。

「小強，他說的是真的嗎？你真的有吸毒嗎？」消了一些氣燄的那位媽媽，震驚的看著自己的兒子低頭不語。

「唉唷喂呀！唉唷喂呀！我這麼含辛茹苦的把你拉拔長大，供你吃、供你住、供你穿、供你用，你對我還有什麼不滿啊？你竟然用吸毒這樣的方式回報我？你說啊！你說！你這孩子，怎麼這樣啊？唉唷喂啊！老公啊！你在天之靈怎麼沒有好好保佑我們家小強呢？你這孩子怎麼這麼不成器啊！」那位媽媽一手抓起那個男孩的手臂，一手狠狠的打著他的身體，接著還呼他好幾個巴掌。

「好了！好了！這位太太，這裡是警局，請妳不要失去理智，孩子這麼做一定是有原因的。」看起來像局長的警察立刻制止那位媽媽繼續教訓她的孩子。

「沒錯！我吸毒！而且我還跟我的毒梟朋友們一起在沿海一帶的洞窟裡製毒，我們還將剩餘的材料倒進海裡湮滅證據，這樣妳就不會發現我吸毒的事情了！妳知道嗎？我活得很辛苦，只有吸毒的時候才能暫時忘卻煩惱，妳懂嗎？」男孩反擊了，而他的母親只是愣在一旁久久無法說話。

「爸爸在我七歲那年就出車禍死掉了，接下來妳就變了，什麼都要我拿第一、要我按照妳安排的路走、要我往東我連西邊都不能看，而且只要稍微不順妳的心意妳就拿鞭子抽我，我是妳兒子不是妳用來炫耀的工具耶！」青春期的男孩用正在變聲的嗓音吼著母親，母親的表情就像即將下雨的烏雲一樣凝重，隨後晶瑩的淚水充斥著眼眶。

「你為什麼……不告訴我呢……？」

「告訴妳有用嗎？妳根本無法溝通，每次找妳講這種事情妳都不想談，我壓力大到沒辦法宣洩，只好用毒品暫時解決自己的煩惱，原本……我以為只抽一口不會怎麼樣，但誰知道就這樣上癮了，也不想戒掉了……因為我真的不知道要怎麼面對妳啊！爸爸如果還在世，他會希望妳這樣對我嗎？」

「小強……」

「好了，你們親子間的問題等到林世強同學把毒品戒掉後再去討論吧！你們會有很多時間跟問題需要討論。」充當和事佬的警察這麼說著。

然而在旁邊的依琪聽了卻感到很心酸，眼前那個男孩很無助，就如同當初父母都不在乎自己一樣。為什麼大人總是要忽略孩子們的聲音呢？把自己的夢想跟希望加諸在孩子身上的行為是對的嗎？

只是依琪比較幸運，因為她並沒有跟毒品扯上關係。大人們的想法她總是無法理解，目前也只能做好自己能做的事情了。

「依琪！依琪！」正當她沉浸在悲傷的情緒裡時，警局外頭傳來熟悉的呼喊聲。

「糟老頭？你怎麼來了？」睜大了眼睛看著上氣不接下氣的志明，依琪驚訝的望著對方。

「聽說妳被帶到警局裡，怎麼回事啊？」

「我沒……」

「嚇死我了！妳沒事就好！」不等依琪說完，志明就將手放在女孩的肩上，微笑著說。

「你在……擔心我……嗎？」依然驚訝的依琪問。

「沒有啊！我只是擔心妳被抓了之後，我還要籌錢把妳保出來。」輕描淡寫還偷偷的笑了下，志明收起臉上驚慌的表情說道。

「……所以是我多想了？」

「哈！既然妳沒事就早點回家啊！我煮了豬腳麵線跟魚湯。」左顧右盼一番覺得沒什麼問題之後，志明轉身離開警局。

「他到底來幹嘛的啊！看我出糗的是吧！這死老頭，我跟你槓上了！」

依琪緊握雙拳並將眼睛瞇成一條線，努力的做了幾個深呼吸依然無法消氣。依琪原本還在心裡偷偷期待志明會出現緊張的樣子，至少這樣會讓她覺得自己倍受重視，沒想到他竟然什麼表情都沒有就這樣離開了警局，只是害怕要花錢保自己出來而已。

「我要是再跟你說話我就跟你姓！」對著已走遠的志明大喊，依琪這口氣怎麼都嚥不下去！

「依琪……」

「幹嘛？」甩開黑人拉住自己衣袖的手，依琪生氣的問。

「你跟志明爺爺本來就同姓啊……」

「你……閉嘴啦！可惡。」

06
新朋友

小村落傳播消息的速度總是比大城市來得快，小強吸毒的事情震驚了全村，現在大夥兒都知道這件事了。

而地方警局也立刻將此事呈報給上級長官，結果可想而知……。

上級長官們得知吸毒一事十分震怒與重視，下令短時間之內一定要破獲販毒與製毒者，甚至還動用關係請來檢察官幫忙。但也因為這個村落附近的洞窟很多，讓警方辦起事來有一定的難度。

「阿金，最近案子的進度怎麼樣啦？」

榕樹下坐著兩個年紀相仿的老人，中間擺著一盤象棋，旁邊還放著泡好的普洱茶。

夏天的太陽很熱情，盡情的將陽光灑在地表上，幸好有大榕樹可以抵擋毒辣的光芒，加上微風徐徐吹過，兩個老人家倒是覺得這樣的天氣很舒服。

「別提了！上級指示一個月就要把案子了結，一定要查個水落石出，但是到現在都已經過了兩個星期了，一點進展都沒有啊……海邊洞窟這麼多，還得搭配潮汐下去調查……」

「這樣啊……要不這樣吧！晚上來我家吃飯，我們家那個小不點古靈精怪，也許可以提供你一些想法也不一定！」

「好啊！我們也好久沒有喝一杯了，志明哥啊！你那小孫女還習慣這裡的生活吧？」

「她不習慣也得習慣，從小在都市裡嬌生慣養，被她爸媽給慣壞了，所以才來這裡磨練的。」

「才十四歲的孩子呀……」

「欸！將軍！不好意思，阿金，這局我又贏了，嘿嘿嘿！」

「啊……哈哈哈！志明哥果然還是棋藝精湛呀！小弟佩服、佩服。」

「晚上來我家吃飯啊！帶著黑人一起來。」

「我們家黑人總是給你添麻煩，不好意思啊！」

「別這麼說，黑人資質很好，只要不走歪路，孩子想做什麼都應該全力支持。」

「但我總覺得……」

「阿金，不要把自己的夢想加諸在孩子身上，你已經是個警官了，不要再要求黑人也跟你一樣當警察，這是他的人生，總會有他的出路，不要太擔心！」

「身為父親總是會擔心的嘛！怕他不成器啊！」

「就算不成器，也是他自己的選擇，你又不能替他擔心一輩子，我們身為長輩唯一能替孩子做的就是幫他分析他所選擇的這條道路是對是錯、會遇到什麼狀況、成功機率有多大，如果分析之後孩子依然想要選擇，那我們就應該全力支持，而不是反對。」

「果然還是志明哥明理，小的受教了！」

「別這麼說，我先回去，晚上記得帶黑人來我家吃飯啊！」說完之後，志明笑容可掬的揮了揮充滿皺紋的手，在陽光的陪伴之下漸漸離開金警官的視線。

日漸西下，老舊的房屋飄出了飯菜香，太陽將自己橘黃色的光芒灑在每戶人家的屋頂上。

06 新朋友

「小不點快來幫忙擺碗筷，阿金跟黑人等下就到了，得在他們來之前準備好。」在廚房裡呼喊著孫女，志明用湯瓢盛了一小碗的魚湯嚐了嚐味道，然後滿意的點點頭。

「早就擺好了，還有你不要叫我小不點啦！」嘟著嘴的依琪靠在廚房門口，雙手叉腰的說。

「這麼自動啊？很好，幫你加二十塊零用錢！」

「哼！誰稀罕！」

翻了下白眼，依琪自顧自的走回客廳，等待客人。

「叮咚！」清脆的門鈴響起，依琪搶在志明開口說話之前開了門。

「嗨！我們又見面了。」黑人微笑道，每次黑人露齒微笑都會讓依琪聯想到「黑人牙膏」，誰叫他的皮膚實在太黑了呢！

「金叔叔好。」依琪先向對方長輩行禮問好。

「依琪妳好，志明哥呢？」

「老頭在廚房裡，等一下就可以吃飯了，先進來吧！」

「那我們就打擾了，依琪很有禮貌呢！」金警官笑笑的對依琪說，依琪立刻浮現笑容。

依琪第一次被人稱讚有禮貌，而且對方還是個警察，這感覺挺好的。就在金警官和黑人入座之後，志明也把菜餚準備好了。

依琪因為剛剛被稱讚有禮貌，於是自告奮勇的幫大家添飯，這樣的舉動連志明都感到不可思議。畢竟才短短幾天，原本大牌的小公主就有了這樣的轉變。

「不要這樣看我，去美心家吃飯的時候，她也都會幫忙盛飯。」依琪白了志明一眼後說。

「哈哈哈！好啦！我知道了！對了，我之前帶你們出海的時候，有聽見你們談到洞窟是不是？」志明一邊夾菜一邊說。

「咦？你有聽到喔？」依琪跟黑人互換了眼神後驚訝的問。

「當然有啊！說說那個洞窟吧！我想知道。」

「不想告訴你！」

「小不點啊！別這麼倔強了，快告訴妳最帥氣的爺爺啊！」

「噁……第一、不要叫我小不點！第二、你哪裡帥了？是蟋蟀的蟀吧！少臭美。」

「噗……哈哈哈哈哈！第一、你就是小不點沒錯！第二、中文要學好，是帥哥的帥，還可以用『美男子』來代替。」

「噢！我的天，你怎麼那麼自戀啊？」

「不行嗎？」

「有夠噁！」

「我開心。」

「喔！」

「快講啦！不然扣妳零用錢喔！」

「又來？」

「那妳說不說？」

「你……好啦！反正那個時候就是……」依琪抵擋不住志明的攻勢，以前都沒有人敢跟自己頂嘴，沒想到每次遇到志明都慘敗。

為了零用錢著想，她只好一五一十的說出當天跟黑人所看到的景象，還有黑人告訴自己關於漲退潮的訊息，而在一旁的黑人也頻頻點頭表示同意。

「先前小強說過，他和那幫製毒者會利用漲退潮消滅證據，製毒則在洞窟裡進行，按照妳這樣說來……也許……」

像是想到什麼一樣，金警官和志明互換了眼神之後露出了笑容。

「志明哥，謝謝你的幫忙。」

「欸！我沒幫到什麼，是這兩個孩子觀察力強，如果真的成功要記得謝謝他們。」

依琪和黑人不解的看著兩個大人有說有笑的樣子，但大人的世界對他們而言太複雜，所以兩人也只能聳聳肩，然後繼續吃飯。

就在那次晚餐之後，村裡傳出了捷報——警方循線破獲毒梟，逮捕製毒者與販毒者一共十三名。

雖然跑了一兩個人，但至少對上級已經有所交代，警方也因此大肆表揚他們，大家都把他們當作英雄。

「這次要是沒有你們兩個幫忙，我們警方還不知道什麼時候才會破案，謝謝你們。」

金警官在大夥兒面前頒給兩人一張獎狀和一面獎牌，接著台下傳出眾人拍手叫好的喝采聲。

「我……我們沒幫到什麼忙啊……」

害羞的依琪紅了兩頰，從小自己除了顯赫的家世背景會被稱讚之外，在課業方面幾乎都是吊車尾，根本沒接受過表揚。

這次竟然只是因為說出了洞窟的事情就幫了警察們這麼多忙，她感到很意外，也很驚喜。更重要的是，她有一股被需要的感受，好像自己存在的價值很重要一樣。

「依琪，我介紹一個男生給妳認識。」表揚大會結束之後，黑人帶著一個男孩子走到正在交談的美心和依琪旁邊說。

那個男孩個頭比依琪還小，大約只有一百五十公分，帶著一副稍大的圓

框眼鏡、眼皮是一單一雙、兩頰有雀斑、一頭西瓜皮髮型，看起來很和善。

「妳好，我的名字叫李順天，小時候身體不好是因為前輩子做了很多逆天的事，去拜拜後神明說要幫我取名叫做「順天」才能保平安。」那男孩推了推眼鏡後說。

「你好啊！我叫趙美心，美麗的美、心臟的心。」搶在依琪面前跟那個男孩打了招呼，美心活潑的樣子讓對方靦腆的笑了下。

「我叫孫依琪，依賴的依，玉部的琪。」撥了一下頭髮，依琪聳聳肩後說。

「小天是我最好的朋友，前一段時間跟家人去日本剛回來，這傢伙日文說得不錯喔！」黑人說。

「還好啦！只會簡單的幾句話而已。我希望能成為植物學家，所以特地去了日本拜訪某位很有名的學者。」

又是推了推眼鏡的動作及靦腆的笑容，讓依琪覺得眼前這個男孩有點有趣。

「這樣啊！祝你成功！對了，我已經知道美心跟小天的全名，那……黑人你呢？」依琪問。

「我？我的名字很霸氣！說了怕嚇到妳。」黑人的臉上很快的閃過一絲尷尬，隨後立刻被他掩蓋了。

「少來了！是俗氣吧！」小天瞥了他一眼後說。

「欸欸欸！你可以再沒義氣一點。不要講啦！」黑人推了小天的肩膀一把後說。

「到底是什麼！我想知道。」黑人越是這樣，越是勾起依琪的好奇心。

「沒什麼好知道的啦！」黑人依然是堅定拒絕的語氣。

「美心妳告訴我。」

「我……我怕被黑人白眼……」

「妳什麼時候變得這麼膽小啊？放心啦！我給妳靠！」

「我……」

「依琪，妳就不要再為難美心了啦！我的名字不是很重要，妳不用知道啦！」

「你越是這樣我越想知道，快點講，不然和你切八段喔！」

「哪有人這樣威脅人的啦！」

「那你是要不要講？難道你叫『金黑人』喔？」

「噗！他如果叫『金黑人』可能還好聽一點。」一旁的小天忍不住吐槽說。

「欸！」

黑人再次拍了小天的肩膀。

「你就告訴她吧！反正她的反應應該也會跟我們第一次聽到你自我介紹的時候一樣。」小天笑著說，臉上淺淺的酒窩若隱若現。

「才不要！對了，聽說下學期會轉來一個女生，根據我可靠的消息，她的名字叫做『曾美麗』，不知道會不會人如其名，哈哈哈！好期待喔！」黑人話鋒一轉也順便跳過了依琪的眼神。

「哇咧！叫『曾美麗』就一定很美麗喔？」依琪白了黑人一眼，雙手交

叉在胸前不屑的說。

「對啊！不然怎麼敢取這樣的名字？」黑人反駁道。

「我才不相信，你們鄉下人取的名字都很奇怪，而且叫『美麗』的一定不漂亮，叫『英俊』的一定也不帥就是了。」依琪的嘴角微微上揚，瞇著眼自信的說道。

「誰說的啊！我就覺得我還蠻帥的啊！」黑人摸了摸自己的臉說。

「哪來的自信啊？你的名字意思是帥哥啊？」依琪臉上流露出一股勝利的氣息。

「對啊！我叫『金英俊』！」黑人一脫口而出，臉上立刻蒙上了尷尬的神情。

「噗……哈哈哈哈哈哈哈……『金英俊』是吧？哈哈哈哈哈哈哈……果然印證了我的想法啊！叫『美麗』的一定不漂亮，叫『英俊』的一定也不帥……哈哈哈哈哈哈……」依琪笑彎了腰，在一旁的美心跟小天互看一眼之後也跟著笑了起來。

「幹嘛這樣啦！哎唷……我覺得自己……真的還蠻帥的啊……」摸了摸自己的頭髮，又搓了搓自己的下巴，黑人不解為什麼每次介紹自己都會換來大笑，但他倒是真心的覺得自己很帥。

「你哪來的自信啊！」其他三人異口同聲說，接著又換來了一陣大笑。

雲朵無憂無慮的飄著，孩子們的笑聲隨著微風，輕輕的飄到好遠、好遠的地方。

07 自己不幸福，孩子怎麼快樂？

自從認識小天、黑人和美心之後，依琪天天都會跟他們見面，有時候還會跟著志明一起出海，每一次的相處都讓依琪感到很特別又放鬆。

「依琪，暑假已經過了三分之二了，妳喜歡這裡嗎？」這天四個人一起到海邊玩沙戲水，玩累了就坐在沙灘上聊天，美心好奇的問。

「嗯……雖然不比城市便利，但我覺得待在這裡很舒服。」依琪躺在沙灘上說。

「我覺得可以跟依琪當朋友是一件很開心的事情。」美心雙手環抱著膝蓋，專注的看著浪沖到岸上變成浪花，她這麼對依琪說。

「為什麼？因為我家很有錢嗎？」想起過去惠青跟麗婷她們也說過跟自己當朋友是一件很高興的事情，但出發點不過就是因為自己家裡有錢，可以供她們吃喝玩樂。

之前發生那樣的事情讓依琪感到很沮喪，對她而言，美心是個很單純的女生，沒有以前都市那些朋友的心機，有的只是純樸和善良，她不希望彼此之間的友情變調。

「不是因為妳家有錢，而是跟妳相處很舒服，妳是個很棒的女生，懂很多時尚流行，也很會穿搭衣服，最重要的是，妳跟我們大家相處的時候總是很開心的笑著，妳的笑容很甜美也很真實，沒有任何造假做作，所以我們喜歡跟妳當朋友。」在一旁的黑人搶在美心回答之前說出自己的想法。

隨後小天跟美心也點頭附議。

「所以我希望妳也喜歡我們。」美心轉過頭看著依琪說。

「我……」

坐起身，依琪感到一陣鼻酸。

過去總是要花很多錢才能交到朋友，但在這個小村落裡面，交心卻是這麼簡單、這麼容易——只要自己敞開心胸就可以了。

這就是單純的美好。

「我也很喜歡跟你們在一起的感覺，可以無憂無慮的做自己。」

微笑著，依琪想起過去自己被冠上「大公主」的頭銜，所以不得不裝出一副至高無上的樣子，她也討厭這麼表面的自己。

用玫瑰的刺武裝自己，最後的下場就是刺傷別人也傷了自己。

「除了去魚市場抓螃蟹吧？」小天推了推眼鏡後說。

想起依琪第一次跟他們去魚市場抓螃蟹的樣子，眾人都沉浸在那時候的回憶裡。

「就是啊！螃蟹都被綁著了妳竟然還會怕！」黑人笑著說。

「哎唷！依琪是女生，本來就會怕那些啊！我也會怕啊！」替好朋友反駁，美心的正義感讓依琪不禁又笑了。

「妳哪會怕啊？妳根本就是無敵女超人好不好，都敢徒手抓魚、抓泥鰍和抓螃蟹了！還有什麼能難倒妳啊？」黑人立刻反駁美心的論點。

「呀！金英俊，你欠打嗎？」

「來啊！來啊！打不到！打不到！」

「給我站住！」

「站住我就跟妳姓啦！」

一男一女就這樣互相追逐，流露出孩子般的天真無邪，在一旁的依琪看

了忍不住起身。

「美心我來幫妳！」

「不公平啦！哪有人二比一的，小天你也來幫我啦！」

「不關我的事唷！好漢做事好漢當，掰！」

推了推眼鏡，小天選擇觀戰。在美心跟依琪的包夾之下，黑人只好邁開步伐努力往前跑。

開玩笑！要是被那兩個女孩子抓到，自己的臉往哪放啊？

「給我站住！」

「站住就跟妳姓啦！」

跑了一天，依琪帶著開心的心情跟朋友們道別，她從來沒有感覺這麼輕鬆自在。

※

「我今天就要帶她回去，你怎麼阻止我都沒用。」

「妳怎麼講不聽？跟妳說讓她待在這裡才是最好的。」

才剛到家門口，依琪就聽到房子裡傳出熟悉的爭執聲。

「爸！媽！你們怎麼來了？」

「依琪！跟媽回去，待在這個雞不拉屎、鳥不生蛋的地方，會阻礙妳的前途。」

看到女兒發愣著站在門口，依琪的母親立刻走上前去拉住她的手說。

「可是我……」

「不准！誰說讓妳帶她走的？我說要讓她留在這裡。」

一個男人衝上來，用力將依琪拉到自己身旁，惡狠狠的對著眼前的女人說道。

「爸……」

「孫威正，你讓女兒待在這裡到底有什麼用意啊？你要毀了她的一生是不是？」

「是誰說待在這裡就會毀了一生？妳有沒有看到她剛剛回家時開心的樣子？她多久沒有這樣笑了？」

「那只是假象，依琪，跟媽媽回都市，這裡的一切都比不上那個便利的家，走！跟我回去。」

「妳夠了喔！我說不准！」

「欸！她是我女兒，你憑什麼……」

「她也是我女兒！」

「夠了！你們兩個都不要吵了！尊重一下孩子的感受好嗎？」正當兩人吵得不可開交的時候，身為爺爺的志明聽不下去的喊了幾句。

看到含著淚水的依琪，身為父母的兩人都沉默了。

「你們兩個人的感情生活一點也不和諧，大人不幸福要怎麼帶給孩子快樂？」志明一語道破的說。

「爸……」

「威正、可薇，事業的成功能換回跟孩子相處的時光嗎？你們的女兒一輩子就這麼一次十四歲，錯過就再也沒有了耶！當名利擺在眼前的時候，人很容易忘了初衷，還記得當初為什麼要到城市打拼的原因嗎？還記得當初說好會給彼此過上好生活的誓言嗎？」

「嗯……」

「好的生活並不是只有物質的享受，依琪這個年紀最需要大人的陪伴跟關愛，你們都做到了嗎？」

「爺爺……」

看著眼前相處沒多長時間的志明，依琪發現他竟然比自己的雙親更了解自己需要什麼。

「當今城市的亂象之一就是『媽寶、爸寶』問題，什麼都要靠父母來決定，依琪是個很有想法的女孩，為什麼要限制她這麼多事情？威正你送她回來是想趁她還小磨掉她的嬌氣，可薇妳想接她回去是因為怕她跟不上流行時尚，她不是傀儡而是你們的女兒耶！有什麼事情是不能好好商量的，一定要用吵架解決嗎？」

志明宏亮的聲音震懾住眼前的夫妻，兩人撇過頭都不願意先低頭承認自己的錯誤。

「孩子少了自然的洗禮只活在大人照顧與溺愛中，最後一事無成。這是你們樂見的嗎？」

志明說完後大家都不說話了，不知道是在反省，還是只是找不到理由反駁。

「爸……媽……」

在大家陷入沉默的時候，依琪小小的聲音立刻抓住了在場三個大人的眼神。

「可不可以聽我說說話……？」

「妳說，爺爺給妳靠！」拉了張椅子坐下，志明給了依琪一個安心的微笑。

「我有自己的想法，難道我一定要照著你們說的做，就算違背良心也無所謂，這樣才是乖女孩的表現嗎？」依琪輕輕的說著，剛剛在眼眶裡打轉的淚水被倔強的她硬是忍了下來。

「你們總是說為了我好，是真的為我好……還是只是害怕我受傷，所以阻止我嘗試？」

望著眼前的雙親，依琪的淚水越積越多，充斥著整個眼眶。

「那樣的我跟溫室裡的花朵有什麼不一樣？保護我、保護我，保護到最後我會不會就直接在溫室裡凋零了呢？你們有自己的觀點，我也有啊！常常教我要將心比心，那你們就有以身作則嗎？」

直到眼眶再也裝不下淚水，各種悲傷難過隨著眼淚滑落臉頰，依琪仍然緊握拳頭鎮定的繼續說著。

「你們會心痛難過，我都不會有這些感覺嗎？你們的心是肉做的，我的就是鐵打的？彼此不肯放下成見，溝通會有效，鬼才相信。」依琪說完用手將淚水擦掉，但眼淚就像雨滴一樣不停的滴落。

「你們看看才十四歲的女孩被你們教成這樣，就算難過也不敢放肆的好好哭一場，這是十四歲女孩該有的表現嗎？都回去吧！當名利擺在眼前時，人容易忘記初衷。去找回你們的初衷吧！只有這樣你們才有辦法解決問題，且不再製造問題。」

志明遞上面紙，依琪順手接過立刻擦乾眼淚。

「依琪……真的不跟媽媽回去嗎？」

「我……我想留在這裡……。」

低著頭，依琪不敢正視母親的眼睛，她害怕還不夠堅定的自己會瞬間崩潰。

「這樣啊……」

「威正、可薇，你們兩人都回去吧！好好想想你們接下來該怎麼繼續走下去，不要把你們這一代的不幸延續到下一代，這樣對依琪很不公平。」

「好吧……」

勸離依琪的雙親之後，志明看到孫女依然悶悶不樂的樣子，便從房間拿出一個牛皮紙袋。

「依琪，妳過來一下。」

坐在客廳，志明將牛皮紙袋小心翼翼的打開，拿出很多照片。

「這是？」

「回憶的袋子。」

「這是誰啊？」拿起泛黃的照片，依琪看著照片裡一男一女依偎在一起的樣子，不禁好奇的問。

「這是我和妳奶奶年輕的時候。」

「我聽爸爸說，奶奶過世的時候我才三歲，看著照片突然覺得她應該是個很慈祥的人。」

「她的確是個天使，只是完成人間的任務之後回到天上去了。」

「什麼任務？」

「把妳父親交給我，然後穩定我的心。」

「不是很懂……」

「等妳大一點就會明白了，當名利擺在眼前時，人很容易忘記初衷。是妳奶奶讓我找回初衷的。」

「這樣啊……那這是？」依琪拿起另一張照片，裡頭可愛的嬰兒笑得很甜。

「這是你父親三歲的樣子，跟妳三歲的時候一模一樣，喏！妳看！」

志明遞上一張彩色照片，裡頭的小女娃跟先前那張舊照片裡的小男娃一樣笑得很開心，淺淺的小酒窩、大大的眼睛和圓圓的臉簡直是同一個模子印出來的。

「哇！原來我跟爸爸小時候長得一模一樣耶！怎麼這樣啦……」故作堅強的依琪硬是擠出笑容說。

「依琪，父母之間的事情一定給妳帶來不小的壓力，對吧？」一眼就看穿了依琪的脆弱，志明拍了拍孫女的肩膀說。

「嗯……反正習慣了，習慣他們一直吵架、習慣媽媽好幾天不回家、習慣爸爸總是把工作擺第一、習慣一個人吃飯、習慣一個人感覺所有的喜怒哀樂……」

「但就是無法習慣一個人寂寞又渴望他們能多注意妳一點的心情，對不對？」

「嗯……」

依琪想不透，為什麼待在自己身邊十四年的雙親竟然敵不過才相處一個多月的爺爺。她也不知道為什麼爺爺這麼輕易就看穿自己的脆弱，依琪感到很惶恐，但卻又感到很安心。

08
旗魚王是爸爸？

「爺……爺爺……」

「嗯？」

「可以……說爸爸跟媽媽的事情給我聽嗎？」

「怎麼突然想知道？」

「因為……雖然我是他們的女兒……雖然我跟他們一起生活了十四年……但是……」

「但是從來沒有跟他們交心的感覺，對吧？」

「嗯……反而來到這裡之後，發現跟美心他們相處起來更開心、更快樂。」

「因為妳找到了單純和天真啊！這就是妳這個年紀該有的樣子，雖然課業繁忙但依然能留下美好的回憶，這才是妳該有的樣子。」

「但是……」

「但是妳的父母給妳太多的壓力，讓妳變得不像自己，所以妳才會覺得身在那樣的環境裡很不自在，也因為如此，當妳遇上單純的黑人、小天和美心的時候，才會覺得這麼放鬆。」

「嗯……」

「妳想了解父母的什麼事情呢？」

「全部！把你知道的一切都告訴我。」

「大小姐，請問妳在命令我嗎？」志明笑著說，眼前這個小女孩嬌氣雖然減少了很多，但畢竟十四年的個性要在這麼短的時間內改掉也不是一件容易的事情。

「我……」

「拜託別人要加一個『請』字。」

「……」

「妳不說，我也不說囉！」

「啊啊啊……好啦……請……請你……請你告訴我……關於我爸媽以前的事情……」

「既然妳誠心誠意發問了，我就大發慈悲的告訴妳。」志明揚起嘴角，

唸出讓依琪會心一笑的句子。

「貫徹愛與真實的邪惡。」依琪立刻毫不猶豫的接了下一句。

「可愛又迷人的反派角色。」

「武藏！」

「小次郎！」

「我們是穿梭在銀河的火箭隊，白洞、白色的明天在等著我們！哇——爺爺你也會耶！你怎麼會『神奇寶貝』的台詞？」

「開玩笑！妳以為我天天出海捕魚就是庄腳傖嗎？嘿嘿嘿……」志明得意的看著孫女驚訝的樣子，心裡暗自慶幸當黑人在船上唸這串台詞的時候，自己有偷偷學起來。

「原來你還懂這個啊！不過這是很久以前的卡通了！你能知道真的很不容易，更何況還能背下來。」

「不要小看我了！小ㄚ頭！」輕拍了下依琪的頭，志明依然得意的說。

「是！是！是！那這位神——通——廣——大——的先生，可以告訴我關於我爸媽的事情了嗎？」

「當然可以！當年妳爸跟妳媽交往的時候……」

※

「爸！我交女朋友了。」約莫二十幾歲的威正開心的從外頭跑回家，告訴父親這個好消息。

「哦！我知道啊！可薇嘛！」志明笑笑的看著威正說。

「咦？你怎麼知道的？」

「小村莊傳消息的速度很快，你跟可薇走得很近的消息大家都知道，所以我不意外你們正在交往。」

「這樣啊……嘿嘿嘿……」

「交往多久了？」

「大概半年了……」

「你這小子，半年了才告訴我啊！」

「怕你覺得我應該要以事業為重嘛……」吐了吐舌頭，威正摸著自己的後腦杓說。

「都二十幾歲的人了，我會尊重你的想法，我雖然傳統但不古板。」

「真的啊？那……我要再跟你說一件事。」

「什麼？」

「你先答應我不可以生氣。」

「你先說說看。」

「嗯……就是……你要當阿公了……」

「當阿公喔……你說什麼？當阿公？你……你這小子！把人家的肚子搞大了？」

「就……嗯啊……可薇懷孕兩個月了……」

「怎麼回事？你給我交代清楚喔！清清白白的女孩被你……你要對人家負責的啊！」

「爸！我知道啦！那天喝醉，然後就不小心……」

「你這傢伙，不知道喝酒容易誤事嗎？」狠狠的打了威正的肩膀，志明想不到自己的兒子竟然做出這樣的事情。

「懷孕都懷孕了，她也答應嫁給我了啊……」委屈的看著自己的父親，威正無辜的說。

「什麼？這麼大的事情不用先跟我商量的嗎？你自己決定就好了是不是啊？你這小子！」握起拳頭，志明重重的打在威正的胸口上。

「噢！爸！為了給老婆和孩子更好的生活品質，我會更努力的！」

「在你現在待的那間小公司，再怎麼努力都一樣啦！」

「不是的！三個月後會有考核，如果通過就能調到城市裡，薪水變多、職位也變高了，我會努力工作的啦！請你答應我跟可薇的婚事吧！她說再拖下去，穿新娘禮服就不好看了……」

「結婚是大事，我們明天準備一下，去可薇家提親。」

「這麼說……你答應了喔？」

「不然怎麼辦？你這傢伙把人家的黃花大閨女帶上床，還讓人家懷了孩子，只能對她負責啊！你聽好啊！婚姻不是兒戲，你一旦決定了就要認真負責到底，婚姻是一輩子的事情，不要辜負人家了！知道嗎？」

「是的！父親大人！」開心的威正和可薇就在大家的祝福之下舉行了婚禮，而他們奉子成婚的事情也只有兩家的大家長知道，畢竟鄉下地方傳出這樣的消息一定會被評頭論足的。在婚禮之後的第三個月，威正不但通過高層的考核，還被派到城市裡擔任總公司的特助，薪水也跟著水漲船高。

「別被眼前的名利蒙蔽雙眼，不要忘記你的初衷。」臨行前，志明語重心長的對威正說。

「我知道，我會常回來探望您的。」向父親鞠了躬，威正帶著大肚子的可薇離開了漁村，搬進了市區。

剛開始兩人過著很甜蜜的日子，雖然租的公寓並不大，可是威正一直為了妻小努力著。隨著女兒的出生，威正在工作上變得更加努力，在加上他的實力越來越強，不但替公司談下許多大案子，還穩定了許多大客戶。因此董事長特別賞識他，最後晉升為總經理。在工作與投資上也屢獲貴人相助，經濟狀況越來越好，短短幾年內就從原本的小公寓搬入了大別墅。

威正在可薇生產完之後，應可薇的要求安排了一個公司的職位給她。但沒想到可薇有了大筆的收入後，就被大都市的物質所迷惑，天天紙醉金迷，甚至利慾薰心，這讓威正感到很頭痛。

「可薇，妳把依琪交給保母照顧，自己卻天天往外跑，我是因為要工作不得已必須待在公司，而且給了妳一個職位卻也沒看見妳在努力，這樣我要怎麼對底下的人交代？」這天威正回到家看見女兒在保母懷裡睡得香甜，妻子卻喝得爛醉躺在房間裡，壓不住的怒火瞬間爆發。

「喔……」

「妳到底要持續這種狀態到什麼時候？」

「不高興？不高興你可以開除我啊！反正我也不稀罕！」

「妳知道自己在說什麼嗎？妳知道我費了多大的精神才安排這個位置給妳嗎？」

「是我求你的嗎？是你想把我綁在身邊才這麼做的吧？」

「妳……」

「孫威正，我二十幾歲正值青春年華就嫁給你，都還沒玩到就步入婚姻成為人妻，你知道外面有多少人想追我嗎？」醉醺醺的可薇一邊比手畫腳一邊說。

「楊可薇，妳喝酒也該有個限度吧？喝成這樣女兒誰照顧？」

「要不是看在你是大公司總經理的份上，我才懶得理你。」

「妳……」

兩人常常為了可薇喝醉酒、把信用卡刷爆、把女兒丟給保母照顧自己卻天天不見人影、常常打麻將打到天昏地暗好幾天不回家等等的事情而吵架。夫妻的感情開始亮起了紅燈，出現了一道一道的裂痕。漸漸地，威正也開始埋首於工作中，不回家了！

※

「這就是妳父母從交往到現在的狀況。」志明一邊說一邊觀察孫女的情緒。

「媽媽和爸爸……原來……我跟他們一點也不親啊……」

「這不是妳的問題，不要把所有的責任都攬在自己身上。孩子無法參與大人的世界，對你們而言還太早了，也不需要，只要把自己管理好就好。」

「可是……雖然我跟他們不親，但我並不想看到他們吵架，畢竟……爸爸跟媽媽對我還是很好的……」

「妳能這樣想很好，雖然他們用的方法不對或者不適合妳，但是我相信他們的出發點都是為了妳好。『溝通』時可以不接受對方的觀念，但一定要尊重。」

「嗯……只是……感覺很難……而且感覺很可怕……」

「人之所以恐懼是因為『未知』，能戰勝『恐懼』的就只有『勇氣』，慢慢累積吧！妳會發現自己的勇氣值越來越高的。」

「嗯……咦！這是什麼？」眼角餘光瞄到一張很舊的照片，照片上的男子跟依琪的父親有著一模一樣的輪廓，手拿著古老的長槍對抗一隻旗魚。

「這個是很久以前的照片了，妳來到這個村莊已一段時間了，應該也聽過『旗魚王』的故事了吧？」

「嗯！爺爺你知道嗎？你認識旗魚王嗎？這張照片上的人是爸爸吧？」

「呵呵呵！那只是個故事，聽聽就好。」

「可是大家都一直在討論！我有一種預感——旗魚王的故事是真的！」

「這麼有把握啊？」

「女人的第六感都很準的！不要小看我們！」

「哦？那目前有什麼想法嗎？」

「還沒有……去圖書館都找不到資料，但我相信只要繼續追根究柢，就一定可以找到我要的答案。」自信的看著志明，依琪突然燃起了一股動力。

「呵呵呵！那我祝妳早日成功！」

「爺爺！這照片上面的人是爸爸吧？是吧？是吧？」

依琪迫切的希望能從志明口中得知什麼，但志明只是笑而不答。在依琪的眼裡，爺爺的笑容好像隱藏著一些祕密。

09
放棄或堅持

「那個……這張照片可以給我嗎？」

「為什麼？」

「感覺很帥。」

「好啊！妳想收藏就拿去吧！但因為沒有底片所以要好好珍惜它，如果不見了就沒有了喔！」

「知道了。」

依琪將那張照片小心翼翼的收在自己的皮夾裡。

隔天一大早，依琪約了美心、黑人和小天在公園裡見面。

那是一個晴朗的日子，陽光輕輕的灑在身上感覺很舒服。雖然沒有白雲幫忙擋住陽光，但在公園的樹蔭下依舊感到很涼爽。

「喏！你們看。」依琪小心的拿出那張照片，泛黃色的照片透露出年代已很久遠。

「這是什麼？」小天首先開口問。

「昨天晚上爺爺拿給我看的，我覺得這上面的人長得很像我爸爸！」就在依琪說完之後，其他三個人很認真的看了看照片。

「真的很像威正叔叔耶！」美心驚訝的轉頭望向依琪說道。

「是吧！是吧！妳看那隻旗魚，超大的！整個很不可思議！如果照片上的人真的是我爸爸的話，那他是旗魚王的機率就很高。」

「可是我聽村裡的大人們提過，只要超過三百公斤的旗魚，基本上都不小。雖然我幾乎天天都會跟志明爺爺出海，但因為年紀的關係不能參加捕魚大賽，所以我不知道大旗魚有多大。」黑人解釋道。

「嗯……旗魚王的傳說不就只是個故事嗎？」小天不解的問。

「可是我相信這一定是真的！如果是傳說應該早已開始流傳，不會等到這幾年才出現這樣的故事。」依琪反駁的說。

「沒錯，我也相信是真的！這個村子裡的人民多半都能自給自足，以物易物的狀況也多於用錢交易，因此這裡一直繁榮不起來；如果能請旗魚王來幫忙，漁獲量就會大增，不僅可以提供村民食用，更能對外銷售，絕對是個改善漁村經濟的好辦法。」黑人說出自己心裡的想法。

「而且就算旗魚王不答應跟我們出海，至少也能傳承技術。」美心補充的說。

「對啊！我可是夢想要成為旗魚王耶！一定要找出旗魚王的下落。」黑人說。

「但萬一……這真的只是故事呢？萬一……根本沒有這樣的人……不就是在浪費時間！」小天說出自己的隱憂。

「這樣吧！我們去問老一輩的人，應該多少會有點消息。」美心提供主意說。

「我伯公就住在隔壁村，今年已經快要九十歲了，身體還是很硬朗，聽爸爸說他天天都會出海捕魚，也許我們能從他那兒得到一些消息！」小天推了推眼鏡說。

「你伯公？住在哪裡啊？我們當了這麼久的朋友了，我都不知道！」

黑人使用「扣住脖子」的招式，一手環住小天，一手用力的搓著他的頭頂。

「我跟他不熟啦！」小天費了很大的勁才掙脫。

「現在去找你伯公方便嗎？」好奇心激起了依琪的動力。

「現在已經中午了，他應該在家裡吃飯，我們可以去拜訪看看。」小天用眼角輕輕瞥了黑人一眼後說。

「那走吧！小天帶路！」依琪左手拉著美心，右手做出「請」的手勢。

小天做完招牌動作——推了推眼鏡後，隨即帶著朋友們朝自己的伯公家出發。

四個孩子沿著小巷道慢慢前進，樹上的蟬肆意的叫著、唱著、嚷著，完全沒有想停止的意思。

夏天啊！就是蟬的季節、蟬的世界啊！

走了許久，正當依琪快要失去耐心的時候，四個人來到了一間矮房子前面，門前的鐵門已經鬆脫，靠在一旁的牆邊。

庭院前鋪著一張張的漁網和一些捕魚用具，鐵製的部份在陽光的照射下閃閃發亮。

「伯公！您在家嗎？我是順天啦！」朝屋裡大喊了幾聲，小天左顧右盼了一番。

「哦！在啦！在啦！順天喔！好久沒看到你了耶！」

不一會兒，一個蒼老的聲音從陰暗的屋內傳了出來，接著走出一個滿臉皺紋、稍微駝背的老人。

「伯公，您今天還有要出海嗎？」小天問。

「有啊！有啊！剛吃飽啦！等會兒準備完就要出去了，要一起來嗎？」

老人雖然看上去年事已高，但感覺仍十分健朗，說話聲音也很宏亮。

「我們可以一起去？」小天興奮的問。

「可以啊！可以啊！今天不會開太遠，你們可以一起來。」老人說完便開始收拾放在庭院的那些用具。

一眨眼，四個人已經在伯公的船上享受涼涼的海風輕拂臉頰的感覺了。

「咦？伯公，為什麼您的網子洞口這麼大呀？」觀察力敏銳的美心在發現問題之後立刻提問。

「最近黑潮迴流，很多大旗魚都回來生小旗魚，所以旗魚苗特別多，網子洞口之所以這麼大是因為當撒網之後，小旗魚可以利用大網口逃跑，這是永續的概念。」伯公一邊整理漁網一邊說。

「但是，把魚苗放走這樣漁獲量不就會減少很多嗎？」依琪聽完之後發表自己的想法。

「沒錯，的確減少了，但就如同我剛剛說的，是永續的概念，所以這是必須要這麼做的。」伯公說。

「我覺得如果把魚苗抓回來養大，一方面收入會比較穩定，一方面也可以促進經濟發展吧？」依琪思考後說。

「小妹妹，適合在海裡長大的魚兒，並不適合捕撈回家養殖。」

「不試試看怎麼會知道不適合？」

「哈哈哈！第一、大海是鹹水，一般養殖則是淡水。第二、妳剛剛也看到我家就那麼一丁點兒大，如果把旗魚苗都帶回家，我還真不知道該養在哪裡呢！」伯公笑笑的解釋著。

「原來是這樣啊……」

「對了！你們聽過『旗魚王』的故事嗎？」

「伯公您知道這個故事？」

「當然知道囉！小丫頭！我生活在這片土地上已快九十載了！別小看我呀！」

拍了拍依琪的肩膀，伯公爽朗的笑聲讓依琪充滿興趣的看著他。

「伯公，我真的很想知道關於旗魚王的故事跟事蹟，可以麻煩您告訴我嗎？」黑人搶在依琪開口前問道。

「哈哈哈！我不知道關於『旗魚王』你們知道了多少，但我可以很確定的跟你們說，『旗魚王』是真的存在的！」

「真的嗎？我就知道我的第六感絕對沒錯！帥啦！」依琪手握拳頭由胸前往腰間快速落下，開心的期待著接下來的故事。

「當年的旗魚王為了保護旗魚苗啊！不但將網子的洞口拉大，甚至只要魚的重量低於三百公斤，他都一律放生。」伯公說。

「為什麼啊？」依琪問。

「我剛剛說的『永續經營』啊！也許是因為他這樣的做法讓上天眷顧他，又或者是海裡的旗魚王也贊同他這麼做，所以他的漁獲量每次都是最多的。」

「哇！」四個孩子聽完之後異口同聲的發出讚嘆聲。

「可是人總是會被眼前的名利給誘惑，很少有人把名利看得很輕。」臉一沉，伯公感嘆的說。

「請問是發生什麼事情了嗎？」依琪好奇的問。

「過去的事情都過去了，孩子們你們還是不要問太多比較好，腳踏實地的朝著自己的夢想去努力，在人生的路上做個剛正耿直的人，才不會對不起天地良心。」

「伯公，您一定知道整個故事的來龍去脈對嗎?可以拜託您告訴我嗎?我真的很想知道。」依琪上前拉住伯公的手。

「為什麼想要知道呢?」伯公微笑說，那笑容在她眼裡意味深遠

「因為好奇。」依琪不假思索的說。

「如果只是好奇，不如自己去找答案，在尋找的過程中還能享受更多的樂趣，不是嗎？」

未經大腦說出的答案雖然反映心裡最真實的想法，但卻被伯公反駁回來，接著他就沒有再多說些什麼了。

伯公笑著獨自走到甲板上開始收拾器具，幾個孩子不由得面面相覷，雖然依琪還想多問些什麼，但是伯公的表情很明顯的告訴她，就算問再多他也不會說。

這讓依琪更顯得焦慮，看著伯公年邁的身影，依琪想起了自己的爺爺。

「一輩子捕魚的前輩們，如果能告訴我旗魚王的故事就太好了。」依琪喃喃自語的說。

「放心吧！我們一定能找出旗魚王的。」好朋友們拍了拍依琪的肩膀，互相打氣的說。

「沒錯！」深呼吸一口氣後，依琪也替自己加油，雖然不知道為什麼自己對旗魚王如此執著，但她的內心就是有一股莫名的動力，驅使她找出海王與陸王。

「時候不早了，我們該回航了。」伯公將收好的桶子從甲板上拿下來，看著剛剛捕獲的那一點點漁獲，滿意的點點頭。

「伯公，你一天只捕這幾條魚就夠了喔？」依琪看了之後好奇的問。不符合經濟成本的事情，為什麼要做呢？「把魚苗放生」這樣的舉動更令人不解。

「我自己加上家人和左鄰右舍也只不過幾個人罷了，捕到的魚夠大家吃就好，人生在世不要太貪心。」

「可是吃不完的或是沒吃的可以拿去市場賣或是跟別人交換其他食材啊！」

「這樣就夠了，不管是自己吃還是跟別人交換，這些就夠了。」

伯公依然看著依琪，那魚尾紋因為笑容顯得更深了。

「小妹妹，如果妳真的很想要知道關於旗魚王的事情，那我建議妳自己去蒐集資料，很多時候我們不注意的小細節，往往都會成為致命的關鍵；被我們所忽略的人，也許能夠在緊要關頭幫自己一把，多關心身邊的人吧！讓自己好好的在這裡成長一番吧！我們能活的時間都有限吶！」伯公摸了摸依琪的頭，慈祥和藹的說著。

隨後收網起錨，將船開回了港口。

原本淡藍色的天空隨著夜幕即將降臨漸漸的由藍轉為橘紅，橘黃色的夕陽在海平線上只剩半個圓，海浪拍打礁岩的聲音就像交響曲一樣悅耳動聽，搭配滿天的雲彩，海邊的風景美不勝收。

依琪吹著海風，剛剛伯公說的那番話一直出現在自己的腦海中，重複播放著。

10 標旗魚

在暑假結束之後夏天也跟著交替成秋天，金風帶著楓紅的葉吹過整個漁村，時間很快的來到了十月。這段期間依琪適應了新的學校。在父親的努力之下，她跟美心待在同一個班級裡。

依琪卯足全力蒐集到越來越多有關旗魚王的事蹟及消息。但遺憾的是，關於旗魚王的資料卻少得可憐。

「唉！旗魚王真的是真人真事嗎？當年真的很紅嗎？他的資料怎麼這麼少啊……」

這天下午，依琪和美心、黑人、小天坐在公園裡聊天，手上各自拿著一瓶王姨招待的麥香紅茶。

「依琪，不要灰心啦！我們也都會幫妳找關於旗魚王的資料，天無絕人之路，我們只要努力追查下去，一定能找到真相的，而且小天的伯公不是也說過那是真人真事嗎？既然是真的，就一定找得到啦！」美心滔滔不絕的安慰著依琪。

「對啊！我可是要成為旗魚王的繼承者，除了學習鏢旗魚的技術之外，我也很想親眼見他本人，所以我們都會陪著妳找的啦！別灰心。」黑人也在一旁替依琪加油打氣。

「黑人，為什麼你會想要成為旗魚王的繼承者啊？這是你的夢想嗎？」依琪好奇的問。

「嗯！從小我就在漁村生活，常聽大人們提到旗魚王的事蹟，所以覺得他很帥、很酷，尤其是他採用的是讓旗魚永續生存的方式，我覺得很棒。所以想成為那樣的人。」

黑人的眼神中充滿憧憬與希望。

「只是因為他很酷、很帥，所以就想成為那樣的人嗎？世界上很酷、很帥的人一大堆啊！尤其是演藝圈更多，為什麼偏偏要選擇成為那種跟大海搏鬥的人呢？」依琪不解的問。

「沒錯，妳說到重點了，跟大海搏鬥。」迎著依琪疑惑的眼神，黑人笑著說。

「大海喜怒無常，渺小的人類絕對駕馭不了，可是能站在甲板上迎來浪頭的問候，然後在一次又一次的大浪中生存下去，讓我很有成就感。就是因為駕馭不了海的力量，所以才能夠在一次又一次的經驗裡頭，累積勇氣和成就。」

「為什麼要累積勇氣和成就？」美心問。

「既然我都能戰勝一波又一波的大浪，那我還有什麼好怕的呢？我不是一個與生俱來就有勇氣的人，那些都是需要慢慢累積的。」

「那你為了成為旗魚王，做過哪些努力？」說完這句話之後，依琪突然覺得很熟悉。

好像在來漁村之前，聽過這樣的話：「為了成為這樣的人，妳做過哪些努力？」

「跟志明師父一起出海，學習捕魚的技術。等我十八歲的時候要參加鏢旗魚比賽，慢慢磨練自己的技巧。為了增加大海還有旗魚的知識，所以我努力讀書，不能頭腦簡單四肢發達吧！這樣跟猴子有什麼不一樣？」

「欸！拜託！猴子也很聰明的好嗎？」小天突然插了一句話，讓黑人翻了白眼。

「而且，我想在有生之年跟海裡的旗魚王見一次面。」黑人不理小天繼續說著。

「你怎麼知道海裡的旗魚王是真的？」依琪又問。

「不管這是不是真的，我都會懷抱希望跟夢想，努力腳踏實地的充實自己，雖然我現在的力氣還不夠大、技巧還不夠純熟，但是只要慢慢磨練，鐵杵也能磨成繡花針啊！」黑人自信的回答。

「萬一你這輩子都見不到呢？況且捕魚並不能賺大錢，你爸爸他會同意你這麼做嗎？」依琪點出了黑人心中的隱憂。

黑人則是皺了眉後，又笑開了。

「我相信我老爸會支持我的，就算他不支持我也沒關係；就算捕魚沒辦法賺大錢也沒關係；就算這輩子都見不到旗魚王也沒關係，人能活下去就是因為懷抱希望，我會一直帶著能見到旗魚王的希望努力的生活下去，老爸他總有一天會諒解我的，至於生活呢……只要養得起自己就好，大不了就不要結婚嘛！」黑人摸著自己的小平頭說。

「反正未來還很長，會發生什麼事情我們都不知道，我只想要一步一步慢慢達成我心中的目標跟夢想，這就是我對自己的人生負責任的態度。」

「真好……有個明確的目標……。」依琪看著黑人自信的樣子，無奈的笑了下。

「小天呢？小天的夢想是什麼？」美心看著一旁默默不語的小天，好奇的問。

「我？我的夢想太不切實際了啦！還是不要說比較好。」小天推了推眼鏡後說。

「什麼不要說，我都說了！再不說我就抓你去阿嚕巴喔！」

黑人重重的拍了小天的肩膀，小天再次推了推眼鏡之後斜眼瞪了黑人一眼。

「你敢阿嚕巴我的話，你就死定了，我會去跟金叔說。」

「哪有這樣威脅人的啦！」

「是誰先威脅誰的啊?」

「你們兩個不要吵架啦!小天你說說看嘛!」依琪鼓勵的說。

「我想成為植物學家。」推了推眼鏡,小天緩緩的說出自己的夢想。

「植物學家?那是什麼?」

第一次聽到這個名詞,依琪感到很新奇。

「研究世界上各種植物、培養新的品種、從植物身上萃取能造福人類的物質……等等。」小天說。

「那能賺錢嗎?」依琪問。

「如果新的品種很特別,就能賺錢,但是不容易。」小天回覆說。

「既然不容易,怎麼不想去從商之類的?至少賺錢比較容易啊!」依琪又是不解的眼神看著對方問。

「我想成為植物學家並不是想要賺錢,那是一種興趣跟愛好,就像有人想成為下棋高手、有人想成為消防員、有人想成為音樂家,自己的興趣能跟工作結合是最棒的。對我來說,能不能賺大錢是其次,只要夠生活就好、只要能開開心心的做自己喜歡的事情就好。」

「對你們來說，物質生活真的不重要嗎？有錢真的可以做很多事情。」依琪說。

「有錢很好，但是沒錢有沒錢的生活方式，對現在的我們而言，最重要的就是達成自己的夢想，一輩子就只有一次生活的機會，我們都不想浪費在追逐名利上。」小天說。

「哇！你才幾歲，怎會說出這種話？」依琪笑著問。

「這是我爸爸灌輸給我的想法，志明爺爺也是這樣教黑人的，對吧？」小天用手肘碰了下黑人，抬起下巴問。

「嗯！其實跟著志明師傅真的可以學到很多做人處世的道理。」黑人表示同意的點點頭。

「成為植物學家跟捕魚者，真的是你們的夢想嗎？」依琪依然不可置信的問。

「對啊！就因為是夢想，所以會努力去達成。」自信的微笑，黑人跟小天對視之後接著擊掌。

「那美心呢？妳是女生，應該不會想在海上乘風破浪吧？」依琪轉過頭問著一旁的女性好友。

「我啊！我的夢想有點難以啟齒……」美心難得不聒噪的待在一旁說。

「說說看啊！我都說了！成為植物學家也是一件不容易的事情，但我說出來就一定會努力達成，妳說說看也許我們也能幫妳啊！」小天說。

「嗯！說啦！我跟小天都說了，換妳了啦！」黑人也在一旁幫腔的說。

「我啊……我的夢想是成為服裝設計師……」隨著越來越小的聲音，美心不好意思的低下頭說。

「服裝設計師？很棒啊！這樣我以後的服裝都要讓妳設計！」依琪開心的說。

「可是……」

「可是什麼？」

發現美心難以啟齒的樣子，依琪疑惑的看著她。

「剛剛黑人跟小天說不奢求揚名國際，但我最大的夢想就是自己的作品能登上米蘭的時裝秀，揚名國際。」美心不好意思的說。

「哇！感覺超酷的耶！」黑人笑開懷的說。

「可是比起你跟小天，我就差多了，我現在只能去圖書館看那些服裝展示的書，平時自己畫畫設計圖，努力讀書考上想讀的科系。」美心說。

「這樣也算是在努力啊！努力不分多寡，只要盡心去做就好了啊！」小天說。

「嗯！所以當我知道依琪生長的環境時，才會這麼想要了解，其實有一部份也是因為依琪帶來的時尚是我憧憬的未來。」美心說。

「嗄！原來是這樣啊！看妳想要知道什麼類型的服裝，我都可以請我爸爸從我家帶來給妳看，我家的時尚雜誌超多的！」依琪說。

「真的嗎？妳真的願意幫我嗎？」美心的眼中閃爍著光芒，如同在海上漂流遇見救難隊一樣。

「我們是朋友啊！互相幫忙是應該的，只是妳未來揚名國際的時候，不要忘記我就是了！」勾著美心的手臂，依琪開心的說。

「嗯！謝謝妳！」

美心開心的抱著好友，感覺輕飄飄的很不可思議。

「不用太感謝我，能幫到妳我也覺得很開心啊！」依琪說。

「依琪，妳覺得我們三個是怎麼樣的人呢？跟以前妳遇見的人應該差很多吧？」美心問。

「嗯！差很多。」依琪不假思索的立刻回答。

「妳也想一下再說，這樣立刻回答也太傷人了吧！」黑人尷尬的笑了下說。

「怎麼會傷人？這是稱讚耶！」依琪不解的看著黑人說。

「你這個富家大小姐，遇見的應該都是上流社會的人吧！跟我們這種水平的人差太多了啦！」黑人說。

「是差很多，但是你們比較真。」依琪說。

「什麼意思？」美心問。

「在我身邊的人都是因為我家裡有錢，所以想要跟我當朋友，她們都是有目的的接近我，然後發現我沒有利用價值之後，就斷得一乾二淨。」

想起來漁村之前在學校發生的事情，依琪就覺得不勝唏噓。

「從小我的爸媽就一直忙著做生意，很少陪我，我也沒有任何兄弟姊妹可以相互陪伴，所以我都自己陪自己，也因為這樣我很看重朋友。可是後來卻發現他們都是因為我的錢才會接近我，我不喜歡那種感覺，很勢利。」依琪難過的繼續說著。

「什麼！這樣好過分喔！人跟人之間就是要交心啊！怎麼可以為了利益啊！」美心單純的回著。

「爸爸說過，這世界上不是每個人都會跟自己交心，有的人表面對你很好，背地裡卻捅你一刀；有的人接近你並不是為了跟你當朋友，而是你對他而言是有利益可圖的；爸爸說世界上這種人很多，雖然我們才十幾歲不能體會，可是慢慢的我們就會遇到這樣的人，如果我們遇到了也不要太大驚小怪，保護好自己才是上乘之道。」依琪想起爸爸教導自己的那些話。

「人跟人相處是可以看出真心的，只要用心去體會、仔細觀察，就能看到。」

「所以妳覺得我們並不是有目的的跟妳當朋友嗎？」美心問。

「就算有，也比我以前認識的那些人好很多，至少你們的真心我感受的到。還有……」依琪停了下後，露出笑容接著說道。

「你們正在努力的充實自己，朝目標前進。只有我空有想法卻一點行動力都沒有，我可以在你們身上學到很多事情。」

「依琪的夢想是什麼啊？」美心問。

「原本是想成為企業總裁，但現在已經不是了。」

「發生什麼事情讓妳改變這樣的想法？」

「我發現我只是喜歡總裁的頭銜，其實一點熱情也沒有，所以……我也還在找尋屬於自己的夢想。」聳聳肩，依琪無奈的笑了下說。

「慢慢來，我們都會陪著妳找的。」美心拍著依琪的肩膀說。

「嗯！『行動大於空口說白話』，這是我在你們身上學到的。」

「為了印證這句話，我帶你們去見識這次的鏢旗魚競賽吧！」黑人突然起身，雙手張開像是要擁抱藍天一樣的說。

「鏢旗魚競賽？」依琪好奇的看著他。

「等妳見識過後，會驚訝自然的魅力還有人為的力量，走吧！我們需要在出發前做一些準備。」

黑人既開心又興奮的帶著三個好朋友前往志明的家。

11
爸爸好厲害

在東北季風的季節，海上掀起大浪，各船的正副鏢手都會在比賽之前做好暖身和準備。

「其實……我不太知道鏢旗魚的過程……」依琪拉了拉黑人的衣角說。

「我先大致上跟你們說一次，等下跟志明師傅一起出海的時候，你們要注意看我們的動作。今天是賽前暖身，為了準備下星期的比賽，今天要找到手感。」黑人說。

「又不是你要參加比賽，你找什麼手感？」小天在一旁吐槽。

「我是見習生啊！再過兩年三個月我就能參加比賽了，不要小看我！」黑人充滿信心的說。

「黑人！我要準備出海了！快點帶著他們上船。」志明宏亮的聲音在此時響起。

「好！我們馬上來。」黑人二話不說帶著其他三人，快速的跑向志明的船。

「今天的浪可能有點大，你們待在船艙裡自己注意安全，沒事不要跑到

甲板上，落海是救不回來的，知道嗎？」志明看著眼前四個孩子，語重心長的警告著。

「你怎麼這麼放心讓我們四個小朋友跟著你出海啊？」在志明離開船艙前，依琪首先搶著問。

「我已經先跟你們的父母知會過了，也告訴你們不要跑到甲板上，你們如果要拿自己的生命開玩笑的話我沒有意見；這世界還有這麼多美好的事情等著你們去探索，想要冒著落海失蹤淹死、嗆死的危險就到甲板上來，我絕對不會阻止。」志明說。

「你這老頭怎麼這樣啊！正常人應該會小心翼翼的看著我們！」依琪不甘心的說。

「你們又不是三歲小孩，不知道什麼是危險行為嗎？」志明不屑的看著依琪說。

「那我們要怎麼看你鏢旗魚？」

「從船艙的窗戶看。」

依然是簡潔有力的回答，志明說完後就去準備接下來要用的器具，留下四個孩子獨自待在船艙裡。

「雖然我們都還沒成年，但是志明師傅仍然相信我們，絕對不會拿自己的生命開玩笑，才願意帶我們出海的，不要因為一時好奇或逞強，毀了自己的前途，這樣跟那些吸毒犯有什麼不一樣？」黑人在志明離開船艙後，轉頭對其他三人說。

「好啦！知道了，我只是受不了他每次都無視我的樣子。」依琪噘起嘴說。

「男人在重要的時機點上哪還有心思重視妳啊！傻傻的。」黑人跟小天互視而笑。

「一副自己很懂的模樣，明明還是個小屁孩。」依琪雙手交叉在胸前，不屑的說。

「好啦！我先跟你們說鏢旗魚的事。冬天會吹東北季風，學校都教過了吧！」

黑人起了頭，其他三人聽了之後則是點點頭。

「每艘漁船都備有探測機能找尋旗魚的蹤跡，而海浪會受季風的影響，達到七八級的風浪。」黑人解釋道。

「這個時候鏢手要站在漁船甲板的最前面，拿著十幾公斤重的鏢，看到旗魚之後瞄準牠，接著快速的將鏢射向旗魚，射中之後魚一定會掙扎，這個時就是搏鬥的開始，大概會維持幾十分鐘不等，等到旗魚精疲力盡之後再把牠拉上船，趁著魚肉還新鮮的時候快點帶回漁市拍賣，通常價格都不錯。」一邊形容一邊做著動作，就像是自己親自上陣一樣。

「你又沒捕過旗魚，怎麼會知道？」依琪問。

「觀察志明師傅的作業情形，加上吸收相關的知識啊！我說過我是要成為旗魚王的人，這點知識和技巧是我必須要能懂的！」黑人驕傲的說。

就在大家聊天的時候，船艙外傳來一陣喧譁。

「上鉤了，上鉤了，快點準備。」

「發生什麼事了？」美心不安的看著船艙外說。

「應該是志明師傅釣到旗魚了，快看！真的是旗魚！」順著黑人指的方向看去，四個人的臉上都露出十分驚訝的表情。

「是立翅旗魚！天啊！志明師傅根本就是傳奇！」

黑人雖然目瞪口呆的看著船艙外的鏢手們七手八腳的處理那隻旗魚，但卻立刻就能分辨出旗魚的種類。

「你怎麼知道是立翅旗魚？」小天好奇的問。

「立翅旗魚又稱為白皮旗魚，是旗魚中最大型的魚，肥胖而高大，胸鰭發達和體側呈直角，如果不是刻意破壞或不小心損傷的話，立翅旗魚的關節是不能平貼於體側的。而且這種品種的旗魚腹鰭很短，尾鰭兩側各有兩條隆起的稜脊，背鰭不發達。身體背面是藍黑色，腹部是銀白色，身體表面還沒乾時是乳白色，死後一段時間會轉為灰白色，所以立翅旗魚才會被稱為白皮旗魚。」黑人滔滔不絕的說著。

「哇！這麼了解！」

小天點點頭，對於黑人的專業表示稱讚。

「我了解的不只有這樣而已，白皮旗魚是棲息在近海表層水域至水深大約十公尺處的大型旗魚，喜歡吃鯖、鰹、鰺類，所以那些就是讓白皮旗魚上鉤的誘餌，從十月開始一直到隔年四月之間都是白皮旗魚的釣期。」黑人依然滔滔不絕的說。

就在一整天的忙碌之下，依琪見到鏢手們乘風破浪的樣子、把魚捕上來之後處理的樣子，還有在大家臉上那種疲憊卻開心的樣子。

「怎麼忙了一整天，只有五隻啊？我們不是很早就出發了嗎？」依琪看著漁獲，感到深深的失落及失望。

「跟我們一起出海的其他人都只有兩三隻，我們能捕到五隻算是很棒了。」志明一邊收網一邊說。

「可是我們在海上已超過八個小時了吧！只捕了五隻根本不符合投資報酬率啊！」依琪不悅的說。

「沒關係啦！每一隻的體重都超過三百公斤，算很棒了，可以賣到很好的價錢。」志明笑著說。

「我還是覺得不值得……」

雙手在胸前交叉，依琪皺著眉，嘟著嘴，看著志明滿足的神情自己心裡卻感到很鬱悶。

「依琪！我回來了！」一個熟悉的嗓音在依琪面前響起，抬頭一看，是那個熟悉的身影。

「爸！」

快速跑過去給父親一個大大的擁抱，自從上次跟媽媽一起來過之後就沒再見過面了，依琪很思念他們。

「怎麼回來了？」

「最近是鏢旗魚的季節，你阿公的年紀越來越大了，我總得回來看看他啊！」威正笑笑的說。

「我可沒老！」

志明沒有笑容的看著自己的兒子。

「明天一起出海，今天就早點休息，這麼久沒鏢旗魚，你應該退步很多了！」

「知道了，明天不會讓您失望的。」

不知道為什麼，依琪突然覺得父親的笑容很有自信。

「爸！你以前鏢過旗魚喔？」依琪問。

「嗯！明天讓妳見識一下老爸的厲害。」威正說。

帶著半信半疑的心情，隔天依琪特地起了個大早，和美心他們會合之後再次跟著志明出海。

「來唷！來唷！看這個浪大概有六七級喔！」一旁的副手說著。

「準備好了嗎？要開始囉！」

志明看著威正，威正捲起袖子後點點頭。

「哦！看到了！看到了！白皮旗魚！」副手大叫著。

就在副手大叫的那一瞬間，威正衝到甲板最前端，手上的鏢槍朝著旗魚出現的方向射出，就在那個時間點突然湧入大量的旗魚群，威正二話不說立刻再拿起鏢槍瞄準魚群，然後射出。

「快！用力拉！」

副手們在威正射出鏢槍之後，立刻鎖定目標，將中鏢的旗魚慢慢的拖到船上。

也因為旗魚掙脫的力道很猛，再加上海浪拍打船身，導致在船艙裡的四個孩子跌倒了好幾次。

「這隻不行！沒有到三百公斤，快！在牠死之前放回海裡。」威正目測了上鉤的旗魚之後，立刻指示副手們用最快的速度將旗魚放生。

「這隻也不行，快點放生！」

「威正哥，這隻兩百九十九公斤，沒關係吧？」

「不行！放生！」

「威正哥，這隻剛好三百公斤。」

「要突破三百才能留，趁牠還有氣的時候快點放生。」

威正的一舉一動看在依琪的眼裡，突然覺得很熟悉。

「旗魚王也是堅持只捕大型的旗魚，低於三百公斤的旗魚一律放回大海中，難道……爸爸他是……」

喃喃自語的依琪突然像是有電流竄過一樣，整個人深呼吸了好幾次。

「如果……如果……如果爸爸就是旗魚王的話……」

終於在下午五點多左右，結束驚悚又驚訝的一天，依琪回到家之後來到爸爸的房間。

「爸，你在忙嗎？」看著父親拿出筆電好像要開始工作的樣子，依琪小聲的問了一句。

「沒什麼，剛收完公司的信件，怎麼了嗎？」拉了張椅子示意女兒坐下來，威正問道。

「我想問你知不知道旗魚王的事情。」遺傳到威正不拖泥帶水的個性，依琪開門見山的說。

「旗魚王？哦！有聽說過，怎麼了？」

「你今天的行為跟他很像，他也是不抓三百公斤以下的旗魚。」

「哈哈哈！不抓三百公斤以下的旗魚的人很多，怎麼了？你懷疑我就是旗魚王啊？」

「不是嗎？那這張照片，你要怎麼解釋？」

拿出從志明那裡得到的照片，依琪篤定自己父親就是旗魚王的事實。

「嗄！這個啊！就這樣囉！不需要解釋啊！也許旗魚王本人現在的生活過得很好，不想被打擾呢！」威正笑笑的說。

「老爸！你就承認吧！你是旗魚王，對不對？我從來不知道原來你會鏢旗魚，而且還鏢得這麼好。」依琪興奮的看著他說。

「那是因為你阿公也會鏢旗魚啊！我從小耳濡目染當然多少也學過一點囉！」

「但你不怕嗎？今天的浪超級高耶！」

「面對恐懼時，正面去克服需要很大的勇氣。」威正笑笑的說。

「其實我在小的時候也曾經從船上掉到海裡，對於水的恐懼從那個時候就開始了，只是我選擇正面迎敵罷了。」

「正面迎敵？什麼意思？」依琪不解的問。

「越是恐懼的事情我們越要正面去面對，逃避或退縮並不能解決事情，落海的人會對海產生恐懼感，對於它的變化無常感到害怕。可是我越害怕就越不能戰勝它，只有正面迎敵，才有機會取得勝利，人生也是。」

「好複雜……」

「也許妳現在還不能夠體會這種感覺，但是我想教妳的是，無論妳多害怕、多恐懼某些情況，只有告訴自己努力去面對，才有解決的一天。也許過程很辛苦、很艱難，甚至不被看好，但是妳要戰勝的永遠都是自己的那顆心。」

「培養勇氣，是嗎？」

「沒錯，天生就擁有勇氣的人固然很棒，但是後天慢慢培養勇氣的人更值得嘉許，我相信身為我的女兒，妳一定也能做到的！找到妳的人生目標，然後遇到困難時努力去面對，勇氣就會這樣慢慢累積、慢慢培養出來的。」威正摸摸依琪的頭說。

「嗯……」似懂非懂的點點頭，依琪彷彿能理解父親想要告訴自己的道裡。

「還有一件事，既然我都傳授妳關於勇氣的祕訣了，那麼告訴妳也沒關係，我相信妳可以很堅強的。」

「怎麼了？」

突如其來的不安感，讓依琪整個眉頭皺到可以擰出水了。

12
人質

「我跟妳媽……可能會離婚。」這句話就在威正說出口之後，一直縈繞在依琪的腦海裡，久久揮之不去。

「為什麼要離婚？你們不是很相愛嗎？」不可思議的問著父親，依琪突然覺得一陣晴天霹靂。

「妳媽和我的價值觀真的越差越多了，所以……我們這幾天就會協商離婚的事情。」

「不是一直以來都好好的嗎？有問題就去解決啊！價值觀不同就互相溝通及體諒啊！遇到問題用離婚就能解決嗎？那你們當初就不該決定結婚生下我，不是嗎？」依琪情緒稍微激動了起來。

「妳這個年紀，還沒辦法去理解男女之間的愛情，因為生意上很忙碌的關係，我不能常常陪著妳和妳媽，這是我覺得很抱歉的地方。當初會答應結婚也是認為可以攜手一起共度一生，但是……」

「但是什麼？」

「但是我真的覺得走不下去了，妳媽媽的物質慾望越來越大，我會送妳

回來這裡一方面也是希望妳不要受到妳媽的影響，變得跟她一樣。」

「你們溝通過了嗎？」

「嗯！她的態度很強硬，她說如果要離婚財產要一人一半。」

「我問的不是關於財產的問題，媽媽跟你離婚只考慮到錢嗎？我呢？我怎麼辦？」

「妳的監護權會在我這裡，畢竟我的收入能給妳好的生活，而妳媽的收入則會被她全部拿去賭博敗光。」

「媽媽呢？她不想要我的監護權嗎？她要拋棄我嗎？」眼眶含著淚，依琪不敢相信從小就把她打扮得像公主一樣的母親，在與父親協商離婚的時候竟然只重視財產，而不重視她這個女兒。

「依琪，妳媽有自己的想法，不要怪她！她還是很愛妳的。」威正無奈的說。

「算了吧！連女兒都不要的人，憑什麼說愛我？」

「依琪，不要太激動，我曾經教過妳無論何時都要沉著、平穩、冷靜，不是嗎？」

「嗯……我想睡了，先回去房間了。」硬是忍住淚水，依琪起身走回自己的房間。

心情大受影響的依琪感到十分無奈，抱著枕頭在床上哭了一個晚上。她不明白為什麼父母要離婚，彼此之間有問題，溝通不就好了？有嚴重到需要離婚嗎？而且為什麼母親並沒有爭取她的監護權，是因為不愛她嗎？種種問題一一浮現在依琪的腦海裡，她哭著、啜泣著，慢慢的睡去。

在黑暗中射進一道曙光，接著視線慢慢從模糊變得清晰。睜開雙眼，依琪的心情並沒有因為睡了一覺就恢復。

「去散步吧！難得這麼早起。」不用去學校的星期天早晨帶有秋天涼涼的氣息，依琪沿著田埂走著，享受早晨的清風吹拂。

「為什麼要離婚呢……難道沒有商量的餘地嗎……父母離婚，我該怎麼辦？」一邊喃喃自語，一邊想著父親昨天跟自己說的消息，依琪想來想去就是沒辦法理解父母的做法。

「上次硬是要把我從這裡帶回去，好像很愛我一樣，結果錢跟女兒擺在眼前讓她選，還不是選擇錢……我就這麼不值得她爭取嗎？她還是不是我媽啊？」氣憤的踢著腳邊的石頭，依琪嘟起嘴不悅的自言自語。

「阿伯，您是這次比賽的主辦人，能不能規定這次的旗魚不能低於三百公斤呢？」熟悉的嗓音在依琪的耳邊響起，她沿著紅磚砌成的牆，來到一棟古老的建築物前面。

「咦？這不是小天的伯公家嗎？咦？老爸在那裡幹嘛？」看著眼前熟悉的身影，依琪在好奇心的驅使之下攀在牆邊偷聽兩人的對話。

「阿伯，就麻煩您了，好嗎？」

「威正啊！不是我不幫忙你，而是魚的重量必須高於三百公斤的這個規定，早就在旗魚王下落不明的時候也跟著消失了。如果訂出這樣的規定，我怕漁民們會反彈啊！」

「尊重自然是人類必須做到的，和大自然相處和諧才有辦法共生共存，我不希望我們村裡的漁民們為了得勝而忽略了漁獲的重量，每一隻旗魚都是

生命，高於三百公斤已經是最低的要求了，新生的魚苗沒辦法成長，我們又怎麼能夠永續經營漁業呢？」

「好吧！我跟主辦單位說一下，但我不敢保證他們會聽我的意見喔！」

「沒關係的！如果他們聽不進去，我去說服他們，直到他們答應為止，您能夠幫我這個忙，我已經覺得很開心了！真的很謝謝您。」威正對眼前的老人鞠了一個九十度的躬。

「為什麼要提出這樣的要求呢？旗魚王跟老爸有什麼關聯嗎？」依琪突然靈光一現。

「老爸就是旗魚王啊！」握拳的右手輕輕的敲了下左手的掌心，依琪微微張開嘴，隨後露出開心的笑容。

「先前不理睬我的問題就表示他是旗魚王，所以才不想跟我多加討論，還有在海上一出手就是前幾天漁獲量的好幾倍，技術明顯勝過其他人。明明就跟我一樣都在都市裡居住的人，怎麼可以有這麼好的捕魚技術呢？還有剛剛跟伯公講的那些話，根本就是旗魚王自己訂立的規定，希望世人照著他的

12 人質

準則走嘛！所以老爸無庸置疑的就是旗魚王！沒錯，一定是這樣的，我必須要快點告訴黑人他們，他們聽到這個消息一定會很開心。」

依琪連跑帶跳的快速前往黑人家，但就在轉彎的地方不小心撞上了迎面而來的男子。滿臉鬍渣、蓬頭垢面、衣衫不整的男子跟流浪漢沒什麼兩樣，看他兩眼無神、雙頰削瘦的樣子應該是好幾天沒吃飯了。

「噢！是誰啦！走路不看路還撞到本小姐，要是我哪裡受傷了一定讓你吃不完兜著走。」重心不穩而跌坐在地上的依琪，大小姐的脾氣再度發作，不顧眼前的人頻頻道歉，依舊破口大罵。

「都已經跟妳道歉了，不然妳是要怎麼樣？小小年紀不學好，妳爸媽沒教過妳對於別人的無心之過，在別人跟妳道歉之後就要原諒他嗎？更何況要不是妳突然從巷子裡衝出來，我也不會撞到妳，好嗎？這一切的錯不能全部都怪我吧？妳也該想一下自己有沒有錯，好不好？妳天生的個性就是這樣嗎？別人犯了錯妳就要這樣不停的責怪別人嗎？現在還是小女孩個性就這麼硬，以後成為女人是不是就會瞧不起像我這樣窮困的男人？女人都是這麼麻煩的生物嗎？」好像是得了躁鬱症，撞倒依琪的男子就像連珠炮一樣不停的說著。

「你……你是有躁鬱症嗎？我不過說了你幾句，你有必要一直不停的教訓我嗎？更何況你是誰啊？憑什麼這樣對我大呼小叫啊？」依琪氣勢凌人、不甘示弱的吼回去。

「妳……妳這個小鬼到底是憑什麼對大人這麼沒大沒小啊？」

「就憑我爸是大企業的總經理，家境優渥的我從小茶來伸手、飯來張口的過著大小姐的生活，從來沒有人敢像你一樣跟我針鋒相對這麼久。」

「妳……妳爸是企業總經理？」

「對啊！怕了吧！沒什麼事情是我爸解決不了的，只要用錢能解決的事情對他來說都是小事。」

「妳家……真的很有錢嗎？」

「我看起來很窮嗎？」

「但妳看起來也不像有錢人家的大小姐啊！」

12 人質

「不要小看我，這世界上任何一種名牌我都有，無論是運動品牌還是衣服，甚至是香水、飾品、配件……等，我用的都是上等貨耶！」

「那……」眼前的男子不懷好意的看著依琪，上下打量著眼前的女孩之後接著說：「我有幾件不知道是不是真名牌的衣服跟包包想要送給女朋友，能不能請大小姐妳幫我鑑定一下呢？」

「為什麼我要幫你啊？」依琪雙手交叉放在胸前高傲的說。

「剛剛是我有眼不識泰山，不知道妳這麼有時尚品味，撞到妳真的很抱歉，為了表示歉意，請妳到我家鑑定一下那些物品，如果喜歡妳也可以順便帶走，就當作是我的賠罪禮，意下如何呢？」

「好吧！既然你都這麼說了，看在你這麼誠懇的份上，我就去幫你鑑定吧！」依琪示意對方帶路，一點警覺心都沒有的她，正把自己推向危險！

兩人走過大街小巷來到一間破房子前，房子已經荒廢很久沒有人居住。

「你住在這裡嗎？呀！你幹嘛！找死嗎？快點放開我！」

「嘿嘿！一隻從天上掉下來的肥羊，我怎麼可能說放開就放開呢？怪就怪妳自己太大意了！」

就在依琪環顧四周時，那名男子拿出一綑粗麻繩將依琪綁在椅子上，無論她怎麼掙扎都沒用，小女孩的力氣哪能敵得過大男人呢？

「這裡是郊區，當我們走到人煙稀少的地方，妳就該快速逃跑了，妳竟然還傻傻的跟著我來到這裡，真是個傻瓜。」男子露出奸詐的微笑，看著被綁在木頭椅子上、嘴裡被堵上一塊布的依琪，他得意洋洋的打著如意算盤。

「妳犯下的錯誤就是不該告訴我妳爸是企業的總經理，大小姐的個性讓妳走向危險呀！學校老師沒有教過妳『財不露白』這件事嗎？妳把家裡最值錢的『總經理』告訴我這個陌生人，不趁機狠狠敲詐一筆，是不是太對不起老天爺給我的這個機會了啊？妳說是不是呢？哈哈哈哈哈……」男子一邊大笑一邊翻著依琪的隨身包包，從裡面搜刮出皮夾與手機。

「總經理的女兒值多少錢呢？要求五千萬應該不會太過份吧？順便讓我搭船離開這個是非之地，讓警察永遠找不到我是最好的方法！」

「#%$*@#$*#&#$」

12 人質

「呿！妳講什麼啊！完全聽不懂。」

「@！＊$@！@＊#＊@&！」

「真是麻煩的傢伙。」男子伸手抽掉依琪嘴裡的布，眼前的女孩大口的吸了幾口氣。

「我爸絕對不會答應給你錢的！你這個卑鄙小人！」

「哎唷！我剛剛難得能清靜幾分鐘呢！不要逼我再把布塞進妳嘴裡！」

「那是什麼破布啊？萬一我口腔潰爛怎麼辦？你要怎麼負責啊？」

「噢！真煩。」隨手又把破布塞進依琪的嘴裡，男子搖了搖頭後翻著依琪的手機通訊錄。

「孫威正……老爸？應該就是這個了吧！妳爸的電話。」拿著顯示了威正手機號碼的螢幕在依琪面前晃了晃，男子開心的按下撥出鍵。

「哦！依琪啊！怎麼了？」沒幾秒，電話那頭就響起了不久前才聽到的熟悉嗓音。

「請問是孫威正先生嗎？」男子笑著說。

「請問你是哪位？為什麼我女兒的手機會在你那邊呢？」提高警覺，威正小心翼翼的問。

「我喔？我是綁架你女兒、需要五千萬贖金外加一艘船逃出國的歹徒，給你三天的時間籌錢，三天之後在碼頭見，如果三天之後沒收到錢和船，你就等著請救難隊去深海裡找你女兒吧！」

「等一下！我怎麼知道你說的是不是真的？也許你只是撿到我女兒的手機罷了！」

「都當人家爸爸了，怎麼還這麼幼稚啊！好啦！不要說我沒有人情味，讓你聽一下你女兒的聲音吧！」男子再次將那塊破布從依琪的嘴裡拉出來。

「老爸！千萬不要給他錢！快報警來救我啦！」依琪對著手機大喊，卻沒想到她的行為正中歹徒下懷，他就是想要她這麼做以取得威正的信任。

「聽到了吧！掛電話了，三天後下午三點在碼頭見，我會帶著你女兒，準備好我要的東西，不然我就滅口。」說完之後很迅速的拔掉電池，冷冷的看著一旁顫抖的依琪，男子的身邊環繞著一種豁出去的氛圍。

13
真正的王者

這三天依琪都在歹徒嚴密的監控之下吃飯、喝水、上廁所，一點逃脫的機會都沒有。

而時間總是在這種時候過得特別快，三天一眨眼就過了。

來到約定的這天，男子一大早就把依琪從椅子上叫起來，接著一起來到和威正約好的碼頭附近，身手敏捷的將她帶到船上，並開到距離港口有一段距離的海面上。

「老爸一定報警了！你再不放開我，就等著吃不完兜著走吧！」

「大小姐啊！如果妳不這麼多話，我還會考慮讓妳不咬著這塊布，但妳這麼會碎碎唸，唸得我頭都痛了！可以拜託妳閉嘴嗎？還是妳想要再咬這塊布？」

男子冷眼看著依琪，然後將手上的破布晃了晃。

「好……我安靜就是了，不要再把那塊布塞到我嘴裡了……」依琪識相的閉上嘴。

隨後男子從口袋裡拿出一條鑲有藍白條紋的貝殼項鍊，他將貝殼的表面小心翼翼的擦拭了下後，接著打開它。

裡面是一張女孩的照片，她笑得很幸福。

男子原本銳利的眼神在看到女孩照片的那瞬間，突然變得柔和且帶著哀傷。

「她是誰啊？」依琪輕聲的問了一句。

「關妳屁事？」男子抿了抿嘴後說。

「喔！告訴我嘛！這幾天都看到你深情款款的看著那條項鍊，對你來說有什麼特別的意義嗎？」

「妳這小屁孩懂什麼?跟妳講了之後又沒什麼幫助。」

「至少我可以當你的聽眾啊!我老爸教過我，要學會傾聽。」

「哼！說了妳也不懂。」

「你不說我才真的不懂咧!說說看嘛!把我當成傾訴的對象，有什麼不好嗎?反正閒著也是閒著。」

「我們是念高中的時候認識對方的。」

「哇！你真的想告訴我啊？」

「那妳要不要聽？」

「好！我聽！你說吧！感覺這件事情放在你心裡面很久了。」

「我們彼此相愛，但她是有錢人家的女兒，每天的工作就是陪著父母參加各大廠商所舉辦的宴會跟聚會，把公關處理好就好。而我只不過是個在工地幹活的工人，我每個月賺的錢都還不夠她們家繳給政府的稅收。」

「所以呢？」

「不要打岔！」白了依琪一眼，男子接著自顧自的說起了故事。

「我很努力的想要證明自己也可以給她很好的生活，但是她的父母一直以來都瞧不起我所做的任何事情。我就算在大太陽底下揮汗如雨，也會為了她咬緊牙根。但是……作為一個男人，我也有自尊，也會自卑，當我看到她身邊出現跟她比較相配的男人時，我就會不爽、會反感、會吃醋，儘管知道她真的很愛我，我仍舊會說出一些重話傷害她。所以現在不管我再怎麼做，她都不會原諒我了……」

「不理你又怎樣？」依琪打岔的說。

「不要跟我說那些大男人的理論，這都只是你們男人愛面子的藉口罷了！」

「妳一個小女孩是能懂什麼？」

「我的確還不懂愛情，但是爸爸曾經告訴過我：『物質生活固然重要，但更重要的是精神上的依靠。』我認為雖然你沒有錢，買不起一整季的名牌、買不起一整車的玫瑰花、買不起耀眼的寶石，但你可以在日常生活中的小細節裡給她多一點的關心。」

「給她關心是不難，難的是滿腔熱情的我卻被她的父母潑了一次又一次的冷水，如果是妳，不會很沮喪嗎？」

「就算澆你冷水又怎麼樣?也許你什麼都沒有，但你有真心啊！我相信不管要花費多長的時間，你都應該要用自己的方法把心意傳到她的心中。」

「我……」

「一百萬有一百萬的幸福，一百塊也能有一百塊的幸福，如果你現在連守著她的勇氣都沒有，憑什麼說愛她？」依琪一副小大人的樣子，滔滔不絕的說。

「妳怎麼會懂這些？」

「偶像劇看多了就懂了！雖然電視裡面的愛情包裝得很完美，但現實生活中……愛情卻是殘破的。」

「妳小小年紀是發生過什麼事情嗎？」

「我爸跟我媽要離婚了。」

「嗯……」

「我原本很不諒解的，但是聽完你的故事之後……好像能夠理解爸爸跟媽媽的心情了……」

「什麼心情？」

「彼此不適合的兩個人，就算再怎麼努力也是徒勞無功，也許離婚對他們來說是最好的選擇吧……」

「所以我跟她是不適合的兩個人……」

「你們個性不合嗎？」

「我們的興趣、嗜好、個性都能互補，我從來沒遇過跟我這麼有默契的女生。」

「既然不是個性的問題，那你就勇敢去追嘛！哪怕是被她爸媽看不起，只要你就證明自己就好啦！」

「唉！妳這小屁孩不懂啦！那是一種很沉重的壓力，懂嗎？」

「我是不懂為什麼你會這麼覺得啦！但我認為愛情裡面沒有什麼對錯和公平，你愛她所以理所當然為她多付出一點。我相信她如果也愛你的話，一定也在為了你們的未來努力，也許你們之間的感情複雜到我無法理解，也不是我用三言兩語就能解決。但是就像我父母一樣，每個人對愛情都有選擇，他們選擇在一起或分開，都會有自己的理由……雖然我很不想要接受這樣的事實……」

船艙裡沉默的兩個人，各自沉浸在自己的回憶裡，時而哀傷，時而微笑。

另一邊，得知女兒被綁架的威正正為了籌龐大的贖金而煩惱著。

「雖然已經報了警，但是一直找不到他們，五千萬的贖金可不是小數目啊……」

威正焦慮的走來走去。

「威正啊！不要太心急！我已經動用我在警界的人脈去找依琪了，我相信很快就會有下落，依琪是個有福氣的孩子，上天會保佑她平安無事的。」

小天的伯公接到消息之後，也立刻來到威正家，安慰著他說。

「五千萬真的不是小數目，就算這孩子把房子和股票都賣了，也沒辦法在這麼短的時間內籌到錢啊……」

志明看到威正這麼地焦慮，加上被綁架的是自己的孫女，他也顯得很煩躁。

「我有個想法……我認為只要捕獲海裡的旗魚王，賣出的價格絕對可以解決大部份的贖金，特別是在這個旗魚的季節，每年的這個時節，海中的旗魚王都一定會回來，但是除了當年陸上的旗魚王之外，沒有人有實力能夠與海裡的旗魚王一較高下了。」小天的伯公在此時突然嚴肅的說。

「旗魚王……今天的浪會達到七級、八級啊……」威正聽完之後喃喃自語的說道。

「也許像我這樣老一輩的人比較迷信吧！我認為浪花會這麼高，是因為旗魚王準備要現身了。」小天的伯公說。

「出海吧！」

志明臉一沉，不假思索的做了出海的決定。

「爸！這樣太危險了。」

「你阿伯說的沒錯，賭一把吧！今天旗魚王絕對會出現。」當機立斷的決定還有堅定不移的語氣，讓威正立刻明白自己再多說些什麼，都沒辦法改變父親的想法。

他只能默默的跟在父親背後幫忙整理器具，準備出海。

今天的天空並不美麗，原本淡藍色很漂亮的天空被淡淡的烏雲一絲絲的覆蓋著，陰陰的天氣吹來冷冷的風，還飄著一絲絲的細雨，海上的浪花就像在開畢業舞會一樣大肆的跳動、拍打著礁岩。

威正、志明、黑人、小天的伯公還有兩個副手不顧風浪，駕著船來到旗魚群出沒的地方。

「爸！浪這麼大，我們還是回去再想辦法吧！您這樣太危險了。」

「既然都出海了，就不能空手而回。這是為了依琪，不是為了你。」

海浪不停的拍打船身，就在搖搖晃晃的同時，黑人發現了不遠處載著依琪的那艘船。

「威正叔叔！你快來看！」

發現不對勁的黑人立刻找來威正幫忙。

風浪這麼大的狀況之下，一艘船停在海中央。

沒有任何撒網捕魚的動作，好像也沒有拋錨的樣子，如同棄船一樣隨著風浪在海中飄搖不定。

「嗯……是很可疑沒錯，把船開過去看看，確認上面有沒有人需要救援。」威正對著開船的副手說。

就在兩艘船越靠越近的同時，綁架依琪的歹徒警覺的用擴音器對著威正他們發出了警告。

「不要再靠近了，不然我就把船上的女孩推到海裡去。」

威正從擴音器裡聽出對方的聲音在顫抖，下意識認為那就是綁架依琪的歹徒，於是也急忙利用擴音器與歹徒對話。

「就是你嗎？綁架我女兒的男子，就是你吧？我的女兒呢？她平安無事嗎？」

「現在是很平安沒錯，雖然我不知道你們是怎麼找到我的，但是不要再靠近了！不然下一秒這女孩就會在海裡成為魚的飼料了。」

「請你不要衝動！千萬不要傷害她！」

「我的錢呢？帶來了嗎？」

「已經帶來了，就在船上，請你務必冷靜讓我到你的船上去，好嗎？」

「不用，叫那個小孩過來。」

歹徒環顧一下四周，發現黑人也在船上，於是提出了讓黑人帶回依琪的要求。

「這裡太危險了，我們先回到岸上好嗎？萬一一個不小心錢全部掉進海裡，對你來說也不是一件好事，所以我們先回到陸地上好嗎？我保證你一定會拿到你想要的數目，也會安排你出國的！」

在思考一陣子後，歹徒答應威正先回到碼頭。

就在快靠近岸邊的時候，突然一陣大浪打過來，兩艘船在海上很劇烈的晃動著。

「大家注意自身安全，這樣的浪很不尋常。」擁有好幾年捕魚經驗的志明臉色一沉，提醒著大家。

就在話才剛落下的同時，一陣巨浪襲來，海水落在甲板上沾濕每一個角落，船上沒固定好的物品有的隨著浪花而改變位置、有的甚至掉進了海裡。

「快點揚帆起錨！」威正指示著船上的副手們說。

但就在這一瞬間，有個比剛才更高、更大的浪花從海中升起，就像是對準了兩艘船一樣的襲來。

「是海嘯嗎？」黑人不安又緊張的問。

「是小型海嘯，我們可以順利躲過的！」威正拍了拍黑人的肩膀，試圖安定他的心情。

但就在浪花越升越高的同時，海中出現一條巨大的身影！

「爸……爸……爸！」看到巨大身影的威正瞪大了眼睛，不可思議的喊著志明。

整個影子比船身還要大，從船的下方游過。彷彿整個海洋的浪花都是因為有牠的存在，才會波動得這麼厲害。

一個龐大的身影，從距離船頭不遠處的地方一躍而上，接著在空中畫下一道美麗的弧線，在船尾的地方落下，巨大的身影又帶來另一陣大浪。

「旗……旗魚王？我從來沒看過這麼大的旗魚……」大家看到比船身還要長、還要大的旗魚，不免大吃一驚。

而就在那隻大型旗魚繼續徘徊在船身附近的同時，志明拿著鏢槍對準了牠，接著用力的將好幾隻的鏢槍射過去。

「爸！」看著父親在風浪中顯得渺小的身影，威正擔心的喊了一聲。

「來吧！好久不見了，老朋友。」

志明臉上微微揚起笑容，充滿信心的眼神閃爍著光芒。

14
與自然的對話

「看樣子旗魚王的較量要開始了呢！」小天的伯公在一旁看到這樣的情況，笑著摸了摸自己的下巴說。

「旗魚王的較量？伯公請問這是什麼意思？」聽到伯公這麼說的黑人，心頭稍微震動了下，隨後兩個人便聊起了關於旗魚王的事。

「海王的現身會帶動陸王的氣燄，更何況陸王現在有了非得較量不可的理由。」伯公說。

「所以……您的意思是……志明師傅他……」

「哈哈哈！他就是當年陸上的旗魚王啊！是船上的正鏢手啊！」伯公微笑的看著找回年輕時期的志明，解釋著說。

「這……這到底是怎麼回事？意思是……我一直都是旗魚王的徒弟？」黑人不可置信的問。

「沒錯！這樣也算是完成你的心願了，不是嗎？哈哈哈！」

「可是……為什麼志明師傅不說出自己就是旗魚王的事情呢？」

「當年……他在落海回到岸上後，找我說了一些自己心中的想法，並且請我在新聞界的朋友幫忙銷毀所有關於旗魚王的資料，之後隱姓埋名的過著生活。也許他會這樣做是有理由的吧！我沒多問什麼，反正是好朋友，就幫忙了！」

「這裡面有什麼原因嗎？為什麼要隱姓埋名？」原本就對旗魚王很有興趣的黑人，這下子好奇心完全被激發出來，有種「打破砂鍋問到底」的心情。

「也許和你們平時聽到的故事內容有很大的關聯，你親自去問他，讓他親口告訴你吧！不要忘了你在他身上學到的東西，也許他早就把你當成是旗魚王的繼承者了呢！」

「伯公，可以麻煩您再多告訴我一些關於旗魚王……噢不！是志明師傅的故事嗎？」

「你平常跟在他身邊沒有聽他說過什麼嗎？」

「志明師傅個性沉默寡言，習慣用行動表達自己的想法，雖然他教會我很多事情，但是我們很少談心，也許是因為我還是個孩子吧！」黑人無奈的

聳聳肩，縱使他很想和志明聊天，但志明總是一副嚴肅的樣子，讓黑人不敢和他多說什麼。

「嗯……這的確是改變過後的他呀！想當年他氣燄正旺的時候，個性才不是這樣的呢！」伯公雙手放在身後，笑笑的看著遠方說。

「拜託您了！請您多告訴我一點關於志明師傅的傳奇吧！」志明的過去讓黑人非常感興趣，所以他一直拉著伯公的手不放，就是要問出個所以然。

「我只說個大概，如果你想知道詳細的情況，你還是去問他會比較準喔！至於他說不說，那就不是我能控制的範圍了。」

「好的！我明白，還請伯公告訴我那些故事。」

「想當年，旗魚王憑藉著天資聰穎和高超的技巧，很快的就成為捕漁界的佼佼者，更成了各大比賽的常勝軍，也因為這樣所以成名的速度很快。」

「成名速度快？」

「沒錯！參加過大大小小比賽的他，每次都拿冠軍，漁獲也都能賣出最好的價錢，幾乎整個東半部都知道這號人物，也因為太過強大所以被冠上

『旗魚王』的封號。」

「哇！根本就是傳奇現身嘛！」黑人發出讚嘆聲，在他心中「旗魚王」的樣子又更美好了。

「成名之後伴隨而來的是大量的財富與地位，但也因為名利太過誘人，所以旗魚王忘記了自己當初捕魚的初衷；為了鞏固自己旗魚王的地位，他開始降低自己捕魚的標準，從原本的三百公斤一路下修到一百公斤，甚至更低。」

「怎麼會這樣……」

「靠著他的實力跟運氣，慢慢的打響了自己的名氣，也因為致富的關係讓他越來越得意忘形，對於保育生態的堅持也漸漸消失……」

「名利真的會讓人變成這樣嗎……？」

「就在某次出海的時候，我記得那天也是颳著這樣的強風、飄著這樣的雨絲，海上也捲起一樣的大浪，從船的正上方一傾而下，正當大家勸著旗魚王掉頭回岸上時，海裡出現一個龐大的影子。」

「海王？」黑人直覺的脫口而出。

「沒錯！就是在深不可測的海裡，躲過許多漁夫的捕獵，並帶領著大大小小的旗魚存活在世界上的海王——海中的旗魚王。」伯公點點頭後繼續說。「不知道是不是天意，海王身邊環繞著許多大大小小的旗魚，就在躍出海面的時候，幾乎要翻覆志明的那艘船，整個身影劃過天空，船上的水手從來都沒見過這麼大隻的旗魚，全都嚇得目瞪口呆。」

「哇……我也好想親手捕獲海王呀……」黑人露出欽羨的眼神說道。

「那次的海王連躍了兩次，就在第二次的時候，志明的船敵不過大浪的侵襲，整艘船翻覆在海中央，之後船上的人再也沒有回來……」

「那志明師傅他……」

「大約一個多禮拜之後，志明突然半夜出現在我家門口，嘿嘿嘿！那時候還以為看到鬼哩！他頹廢的樣子讓我的膽子差點被嚇破。」

「只有志明師傅生還嗎？」

「嗯！在那樣的大浪還有風雨中，整艘船翻覆之後只有志明一個人生還，雖然當時警方也派出搜救隊，但只找到翻覆的船，船上的兩名水手和志明全都下落不明。直到他來到我家的那天，我才知道他被大浪還有魚群帶到不遠的岸上，但他什麼也沒解釋，只希望我請新聞界的朋友壓下他所有的新聞，讓旗魚王跟隨那場船難一起消失。雖然不知道他發生什麼事情，但他那時的表情是我這輩子永遠忘不了的，就像是……被當頭棒喝過一樣，堅定但柔和。」伯公一邊回憶一邊說。

也就在伯公向黑人述說那段回憶的同時，另一艘船上挾持著依琪的男子，正目瞪口呆的望著才剛縱身躍進海裡的海王。

「太……太大隻了吧……」不只是海王一躍而出的壯觀，連同落下的浪花也令人讚嘆，但男子望著海王落下的地點仍不禁感到一陣畏懼，立刻轉身回到船艙想把船開回港口。

就在快靠近港口的時候，依琪趁機想從船上逃走，雖然雙手被綁著，嘴也被膠帶封住，但就在靠岸的同時，依琪朝著碼頭縱身一躍。

「去哪裡！」就在依琪跳起來的瞬間，一雙強而有力的大手猛然的將她給抓住。

「&＊#……」

「我絕對不會讓妳逃走的！妳是我唯一能獲救的機會，現在讓妳走我就一無所有了！」

「#@&#＊……」

「乖乖的待在這裡，我就不傷害妳！」

「@&！＊#&……」

依琪的個性，哪有那麼容易妥協？她不停的扭動身體，想要從歹徒的手中掙脫。

「啊！」就在一個不注意的情況下，依琪被自己的腳絆倒，整個人重心不穩，往歹徒身上撲去，在同時，又一個大浪打過來，站在欄杆旁的兩人因為重心不穩，雙雙掉入海裡。

「#＊&%……」被膠帶封住嘴，又被繩子綁住手的依琪在海裡根本無法呼吸，只覺得海水不停的灌入鼻腔，就像快要窒息了一樣。

風浪越來越大，依琪隨著海浪不停的翻滾自己的身子，在失去意識之前，她看到身邊游過很多魚群，有小有大，而且都是旗魚。

接著一個巨大的身影朝著自己游來，恐懼感也在此時不停的襲上心頭，但是她實在沒有力氣，也沒辦法掙脫，只能任由海水不停的灌進自己的身體裡，接著失去意識。

「依琪，初次見面，妳好呀！」

「是誰？是什麼聲音？你是……？」

「人類與大自然是要共生共存的，當失去這樣的平衡時，大自然就會反撲，雖然妳現在年紀還小，但是只要慢慢培養正確的態度跟觀念，自然之神會守護妳的。」

「到底是誰在說話？我死了嗎？是死神？還是天使？」

「依琪，大人的世界還不需要妳去理解，只要做好妳自己的事就好了，記得跟大自然共生共存，妳才能得到大自然中最珍貴的禮物。」

「你是……」微微張開眼，一隻超級大的魚駝著自己隨著溫和的潮水，將她沖到岸上。

闔上眼之前，她看到那個身影從海中一躍而出，接著急速落下。「『尊重』是妳要學的課題。」剛剛的聲音再度在腦海裡響起，接著她又失去了意識。

15
傳承

「依琪！依琪！聽得到我的聲音嗎？依琪！」熟悉的嗓音在耳邊響起。

「嗯……」皺了皺眉頭，雖然想要大聲的回應，但身體就是不聽使喚，一點力氣都沒有。

「依琪！依琪！能醒過來嗎？」那嗓音再度響起。

「是誰？」依琪無力的說。

「我是爸爸！依琪，能聽到我的聲音嗎？妳能聽到吧？聽到就回應我吧！」

「依琪，我是美心，黑人、小天、小天的伯公、我媽媽和志明爺爺都來了，大家都在等妳醒來，加油！妳能睜開眼睛嗎？試著看看我們吧！」

「……？是……心！這是……聲音。」依琪小小聲的說出幾個字，接著皺了皺眉，緩緩的張開眼睛。

原本的黑暗隨著眼睛緩緩的睜開而注入了光芒，刺鼻的藥水味刺激著依琪的味覺，乾淨整潔的房間還有純白的天花板讓依琪眨了眨眼後環顧四周。

「爸……」看見威正著急的樣子，依琪虛弱的眨了眨眼說。

「有沒有哪裡不舒服？會不會覺得頭痛？會不會想吐？身體感覺怎麼樣？」握著依琪的手，威正著急的程度就像憋尿憋很久，好不容易發現廁所卻發現裡面有人，而且還久久都不出來一樣。

「爸……我還好……」深呼吸了幾次，依琪眼前的景象變得較為清晰。

「依琪！我們都好擔心妳喔！」美心看到自己的好朋友清醒過來，開心的拉起她的另一隻手。

「我沒事，對了！我怎麼會在醫院？我不是掉到海裡去了嗎？」依琪問。

「我們靠岸之後一直等不到你們的船，所以就報警去找你們，搜救隊找到在不遠處擱淺的船，綁架你的歹徒下落不明還在搜尋中，妳就在我們第一次一起出海看到的那個洞窟裡，應該是被海水沖到那裡的。」黑人解釋道。

「這樣啊……」依琪從床上慢慢的坐起來。「啊！是旗魚王救了我！原來旗魚王是女生耶！」突然想到什麼一樣，依琪猛的大喊一聲。

「妳在講什麼啊？」小天推了推眼鏡後問。「撞到腦袋了嗎？」

「你才撞到腦袋咧！我說的是真的！」依琪睜大眼睛說。

「依琪，妳說說看發生什麼事了。」在一旁的志明開口說道。

「在我掉進海裡的時候，很多魚在我身邊游來游去，這段期間跟你們出海認識了很多種類的魚，我敢保證那就是旗魚。」

「然後呢？」志明雙手在胸前交叉，臉上微微的笑著問。

「然後……我聽到一個女孩子的聲音跟我說……要跟大自然共生共存，要學會尊重……」

「還有嗎？」

「還有……她應該就是旗魚王，把我送到岸上，救了我一命的就是牠。」不顧旁人異樣的眼光，依琪堅定的說著。

「我……我去找醫生來……」威正皺著眉頭快步離開房間。

「是真的啦！」依琪看著站在病床四周的人們說。

「那是妳的幻想吧……魚怎麼可能會說話？而且旗魚王怎麼可能會救妳？妳應該是被潮水沖到岸上的啦！」美心說。

15 傳承

「我真的有聽到啊！幹嘛不相信我？」

「因為令人難以置信啊！這是一個要講求科學的時代，妳這樣太詭異了啦！」小天推了推眼鏡後說。

「哪有啊……」

「依琪小妹妹，妳有沒有覺得哪裡不舒服呢？」

正當依琪想要反駁小天的時候，威正跟醫生從病房外頭走進來。

「沒有……」

「好！我來幫妳做個檢查，先把嘴巴張開，來，啊——」

「啊——」

「很好，現在檢查眼睛，嗯……很好，也沒有異狀。」

「醫生，她頭腦有問題。」

就在醫生初步檢查完之後，小天默默的對醫生說出這句話。

「你才腦袋有問題咧！」依琪大聲的叫著。

「哈哈哈哈哈哈哈哈！能夠這麼大聲說話，看樣子應該會康復得很快，現在只需要多觀察幾天，如果沒有腦震盪就可以辦理出院了。」

「醫生，我女兒真的不用做更深層的檢查嗎？我有點擔心她會留下後遺症。」

「在她送進我們醫院的時候，就已經幫她做過全身健康檢查了，除了血糖有點低之外，其他沒什麼大礙。」

「那精神方面呢？也檢查了嗎？」

「嗯……我們檢查的只是生理方面，如果心理方面有什麼問題，建議轉門診會比較好，畢竟我不是心理醫生。」醫生笑著繼續說。「在她這個年紀落海，又遇到這麼可怕的風浪，能在黃金時間內找到她並送到醫院來急救已經算是很幸運了！依琪，妳是個很有福氣的女孩，不要浪費這項上天給妳的禮物唷！」

「嗯！謝謝醫生。」

「孫先生，如果您依然擔心愛女，需要我介紹心理權威給你嗎？」

「我們到外面商量這件事情好了。」

威正說完便跟醫生走出病房，而小天的伯公、志明爺爺和美心媽媽也跟了出去，只留下孩子們在病房裡。

「喔！妳嚇死我了啦！」美心拉著依琪的手，用一副快要哭出來的樣子說。

「哪有什麼好嚇的！剛剛醫生都說我有福氣了，不用擔心啦！」依琪安慰著好友說。

「妳要快點好起來，等妳出院之後一定要來我家好好吃一頓喔！妳看看妳，都瘦了……」美心噘起嘴說。

「我們是很久沒見了嗎？這樣都看得出來我瘦了？」依琪驚訝的看著美心。「妳這位太太是否有點誇張啊？」

「妳不知道妳昏迷了一個禮拜？」美心說。「還有妳幹嘛叫我太太啦！」

「一個禮拜？這麼久？」依琪的眼睛瞬間放大了兩倍，不可思議的問。

「對啊！我們天天都來報到，天天都跟妳說話，醫生說如果妳能在一個

禮拜之內醒來就有救，不然就要去蘇州賣鴨蛋了！」小天說。

「什麼意思？」依琪問。

「就是說妳沒救了啦！」黑人補充說明。

「還好妳醒了！大家都很擔心妳呢！」美心依然握著依琪的手說。

「妳要快點好起來啊！我們大家還要一起去海邊抓螃蟹、一起出海捕魚、一起在大榕樹下喝著麥香紅茶玩疊疊樂。」黑人說。

「對啊！我最近看了妳借我的那些服裝雜誌後畫了幾套衣服的草圖，還希望妳給我一點建議呢！」美心說。

「最近我也發現某個地方種了很多含羞草，可以帶妳去看。」小天說。

「還有啊！我會請我媽媽煮很多好吃的美食給妳補身體，看妳要吃麻油麵線、豬腳麵線、燒酒雞、滷肉飯……應有盡有，隨便妳點菜！我媽媽都會全部變出來的。」美心用雙手在空中畫了一個大圓說。

「現在妳媽媽是小叮噹嗎？用百寶袋全部變出來？」黑人在一旁吐槽。

「要你管喔！」白了黑人一眼，美心「哼」了一聲後便不理他了。

「謝謝你們！」將這一切看在眼裡的依琪發自內心的笑開了。

「謝什麼？」其他三人異口同聲的問。

「還好我爸當初硬是把我帶來這裡，才能認識你們，能跟朋友交心的感覺，很棒。」依琪說。

「那也是因為妳自己敞開心胸了啊！」門被推開，志明從外頭走進來。

「啊！忘了告訴你們，志明師傅就是旗魚王！」黑人突然驚呼的說道。

「什麼？爺爺你是旗魚王？」美心不可思議的看著志明問。

「什麼？爺爺你是旗魚王？」小天在美心問完之後也跟著問了一次。

「你幹嘛學我啦！」美心白了小天一眼說道。

「不行嗎？」小天朝著美心吐了吐舌頭後說。

「好了！你們不要吵架了啦！黑人，你說爺爺是旗魚王，什麼意思？」依琪看著志明，不解的問。

「哈哈哈！事到如今我也不打算隱瞞你們了，正好趁著你們四個都在，跟你們說個故事吧！」志明拉了張椅子坐在病床旁，娓娓道出那段讓他風光一時的日子。

「其實，自然是會說話的。我最後一次用『旗魚王』的身分出海的時候，也是一個天氣不好的日子，大風大浪又飄雨，船上只有我跟兩名水手，對於這種從來沒見過的情況，他們都表現出很害怕的樣子，但年輕氣盛的我卻直覺這種天氣就是遇見海中旗魚王的最佳時機。果不其然就在我踏上甲板的那個瞬間，海王真的出現了！」

志明說到這裡之後就停下來喝水，看見四個孩子張著雪亮的眼睛盯著他，他便繼續說道。

「在遇見海王之前，我的價值觀隨著收入的增加而改變，變得不懂得尊重自然、保護生態，而旗魚王的出現大概也是想要警告我吧！我是這麼想的。因為當時旗魚王也是從海中一躍而出，接著又急速的落在水中，對於我射出的鏢槍完全不放在眼裡，後來船被翻覆，我跟兩名水手都落入海中，雖然很想快點浮出海面呼吸，但身旁的魚群卻一直阻擋我游到海面上。直到我已經沒有氣了、直到我整個鼻腔和口腔都浸水了、直到我快要失去意識的時候、直到我認為自己死定了的時候，旗魚王現身了，而且還跟我說話了！」

志明笑著看了孫女一眼，依琪驚訝得連嘴都合不攏。

「爺爺你也……聽到……」依琪不可思議的看著眼前的志明說。

「沒錯！那是一個女孩子的聲音，是個沉穩且令人安心的聲音。」

「旗魚王跟你說了什麼？」依琪好奇的問。

「『人類與大自然是要共生共存的，當失去這樣的平衡時，大自然就會反撲，雖然你已經是眾人所景仰的旗魚王，但是不要忘記你捕魚的初衷，我相信正確的態度跟觀念還在你心裡的最底層，找回它們吧！自然之神會守護你的。』旗魚王這麼跟我說，當初我就想說：『到底是誰在說話？我死了嗎？是死神？還是天使？』」志明笑笑的說起那段記憶。

「我也是！」依琪大叫了聲，這跟自己聽到旗魚王告訴自己的內容不相上下，幾乎百分之九十九都一樣啊！而且怎麼志明的反應也跟自己一樣呢？

「『記得跟大自然共生共存，你才能得到大自然中最珍貴的禮物。尊重是你要學的課題。』最後在我失去意識前，我聽到這樣的聲音，也看到旗魚王的眼神露出一種堅定與哀傷，就像被當頭棒喝一樣，讓我找回捕魚的初衷。」

「所以你才決定回到岸上之後從此消聲匿跡？」依琪問。

「沒錯！我決定離開原本的村莊，隱姓埋名並找個女孩結婚，低調的過著生活。這就是我全部的故事。」志明微笑看著眼前的四個孩子，接著站起身。「你們都還年輕，能學習的時間還很長，千萬不要做出讓自己後悔的事情，不是每個人都能這麼幸運的在鬼門關前走一遭後，還能平安的回來。」說完之後，志明就離開病房了。

「哇！完全不可置信啊！」小天輕聲的說了句，之後迎來其他三個好友的附和。

過了幾天之後，依琪終於可以出院，重新回到學校上課。旗魚也隨著季節的交替離開了漁村。

新生的嫩芽在樹梢上報著春天來臨的消息，雖然還是冷冷的天氣，但已經沒有冬天的死氣沉沉了。

在漁村的這段期間，依琪學會自己料理生活的一切。不論在態度上還是在心境上，也不再是以前那個大小姐的樣子了！

「妳真的改變很多。」這天依琪的父母從城市回到漁村來探望依琪。

「嗯……」

「還是不能諒解我嗎？」眼前的女人依然珠光寶氣、濃妝豔抹，依舊穿著名牌大衣，但眼神流露出來的是身為一個母親的慈愛。

「我慢慢的可以理解為什麼妳跟老爸會走到離婚這一步，也可以諒解為什麼妳選的是錢不是我，總之那些都不重要了。」依琪微微笑著說。

「妳好像變成另一個人了呀！」

「媽，雖然我不知道妳跟老爸之間的愛情是怎麼了，但是我知道妳還是很愛我。」依琪看著母親說，母親只是苦笑了下。

「不跟我們回城市嗎？最後一個學期就要開學了，現在幫妳辦轉學手續還來得及。」威正說。

「不了！我想要在這裡完成國中的學業，然後高中、大學都按照自己的意願去走，黑人、小天、美心都有自己的目標，我也想找一個，雖然還不知道是什麼，但是我會很努力的！」依琪看著海平線，心情很平靜。

「突然覺得妳長大了不少呢！」威正摸了摸女兒的頭說。

「你們……還是會離婚嗎？這幾個月的相處跟協調，還是不行嗎？」眨著眼看向坐在自己身旁的父母，依琪鼓起勇氣問。

「嗯！下禮拜會跟律師聯絡簽離婚協議書。」威正說完之後，三個人都陷入了沉默。

「希望你們分開之後能夠有更好的生活，然後不可以忘記我！」哽咽了下，依琪快速的擦掉眼淚。

「妳並沒有失去爸爸或媽媽，妳想我們的時候還是可以隨時跟我們聯絡。」依琪的母親不捨的抱著自己的孩子說。

「謝謝妳的諒解。」威正抱著女兒，長長的嘆了一口氣。

雙親離婚的事實，依琪已經能夠用正面的態度去面對了。

雖然目前還找不到自己的目標、雖然起步的比朋友們都還要慢，但是依琪堅信自己一定能找到自己未來的目標，就像海中旗魚王告訴她的一樣。「尊重」是她要學的課題。

「我想要跟黑人一樣，試著跟大海做朋友。」依琪在心裡暗自許下這樣的願望。

然後一步一腳印，努力的朝著自己的夢想邁進。

直到現在，如果你有機會在旗魚季的時候來到海邊，你會發現一名把頭髮紮成馬尾、身材纖細的女孩，遵循古老的技術和一名皮膚黝黑又高大的男子，乘風破浪捕著旗魚。

培育文化 勵志學堂 52

旗魚王

作　者　溫　妮
責任編輯　王惠蘭
美術編輯　蕭佩玲
封面設計　蕭佩玲

出版者　培育文化事業有限公司
信箱　yungjiuh@ms.45.hinet.net
地址　新北市汐止區大同路三段一九四號九樓之一
電話　（02）8647-3663
傳真　（02）8674-3660
劃撥帳號　18669219
CVS代理　美璟文化有限公司
TEL／(02)27239968
FAX／(02)27239668

總經銷：永續圖書有限公司
永續圖書線上購物網
www.foreverbooks.com.tw

法律顧問　方圓法律事務所　涂成樞律師
出版日期　2015年2月

國家圖書館出版品預行編目資料

旗魚王/溫妮著. -- 初版.
-- 新北市 : 培育文化, 民104.02
面 ;　公分. -- (勵志學堂 ; 52)
ISBN 978-986-5862-46-6(平裝)
859.6　　103026271

※為保障您的權益，每一項資料請務必確實填寫，謝謝！

姓名		性別	□男　□女
生日	年　月　日	年齡	
住宅地址	郵遞區號□□□		
行動電話		E-mail	

學歷

□國小　□國中　□高中、高職　□專科、大學以上　□其他______

職業

□學生　□軍　□公　□教　□工　□商　□金融業

□資訊業　□服務業　□傳播業　□出版業　□自由業　□其他______

謝謝您購買 旗魚王 與我們一起分享讀完本書後的心得。務必留下您的基本資料及電子信箱，使用我們準備的免郵回函寄回，我們每月將抽出一百名回函讀者，寄出精美禮物以及享有生日當月購書優惠！想知道更多更即時的消息，歡迎加入"永續圖書粉絲團"

您也可以使用以下傳真電話或是掃描圖檔寄回本公司電子信箱，謝謝！

傳真電話：（02）8647-3660　電子信箱：yungjiuh@ms45.hinet.net

●請針對下列各項目為本書打分數，由高至低5～1分。

	5 4 3 2 1		5 4 3 2 1
1. 內容題材	□□□□□	2. 編排設計	□□□□□
3. 封面設計	□□□□□	4. 文字品質	□□□□□
5. 圖片品質	□□□□□	6. 裝訂印刷	□□□□□

●您購買此書的地點及店名______

●您為何會購買本書？

□被文案吸引　□喜歡封面設計　□親友推薦　□喜歡作者

□網站介紹　□其他______

●您認為什麼因素會影響您購買書籍的慾望？

□價格，並且合理定價是______　□內容文字有足夠吸引力

□作者的知名度　□是否為暢銷書籍　□封面設計、插、漫畫

●請寫下您對編輯部的期望及建議：

221-03
新北市汐止區大同路三段194號9樓之1

FAX：（02）8647-3660
E-mail：yungjiuh@ms45.hinet.net

廣 告 回 信
基隆郵局登記證
隆廣字第200132號

培育
文化事業有限公司

讀者專用回函

旗魚王

培養文化育智心靈的好選擇